신들의 구독자

최달해 판타지 장편소설

신들의 구독자 4

초판 1쇄 발행 2023년 4월 19일

지은이 ι 최달해
발행인 ι 신현호
편집장 ι 이호준
편집 ι 송영규 최종건 정재웅 양동훈 곽원호 조정범 강준석 최성화
편집디자인 ι 한방울
영업 ι 김민원

펴낸곳 ι ㈜ 디앤씨미디어
등록 ι 2002년 4월 25일 제20-260호
주소 ι 서울시 구로구 디지털로 26길 111 JnK디지털타워 503호
전화 ι 02-333-2513(대표)
팩시밀리 ι 02-333-2514
E-mail ι papy_dnc@dncmedia.co.kr
블로그 ι blog.naver.com/gnpdl7

ISBN 979-11-364-4377-9 04810
ISBN 979-11-364-4205-5 (SET)

※ 저자와 협의하여 인지는 붙이지 않습니다.
※ 이 책은 ㈜ 디앤씨미디어(파피루스)가 저작권자와의 계약에 따라 발행한 것으로 본사와 저자의 허락 없이는 어떠한 형태나 수단으로도 내용을 이용할 수 없습니다.

신들의 구독자 4

최달해 판타지 장편소설

PAPYRUS FANTASY STORY

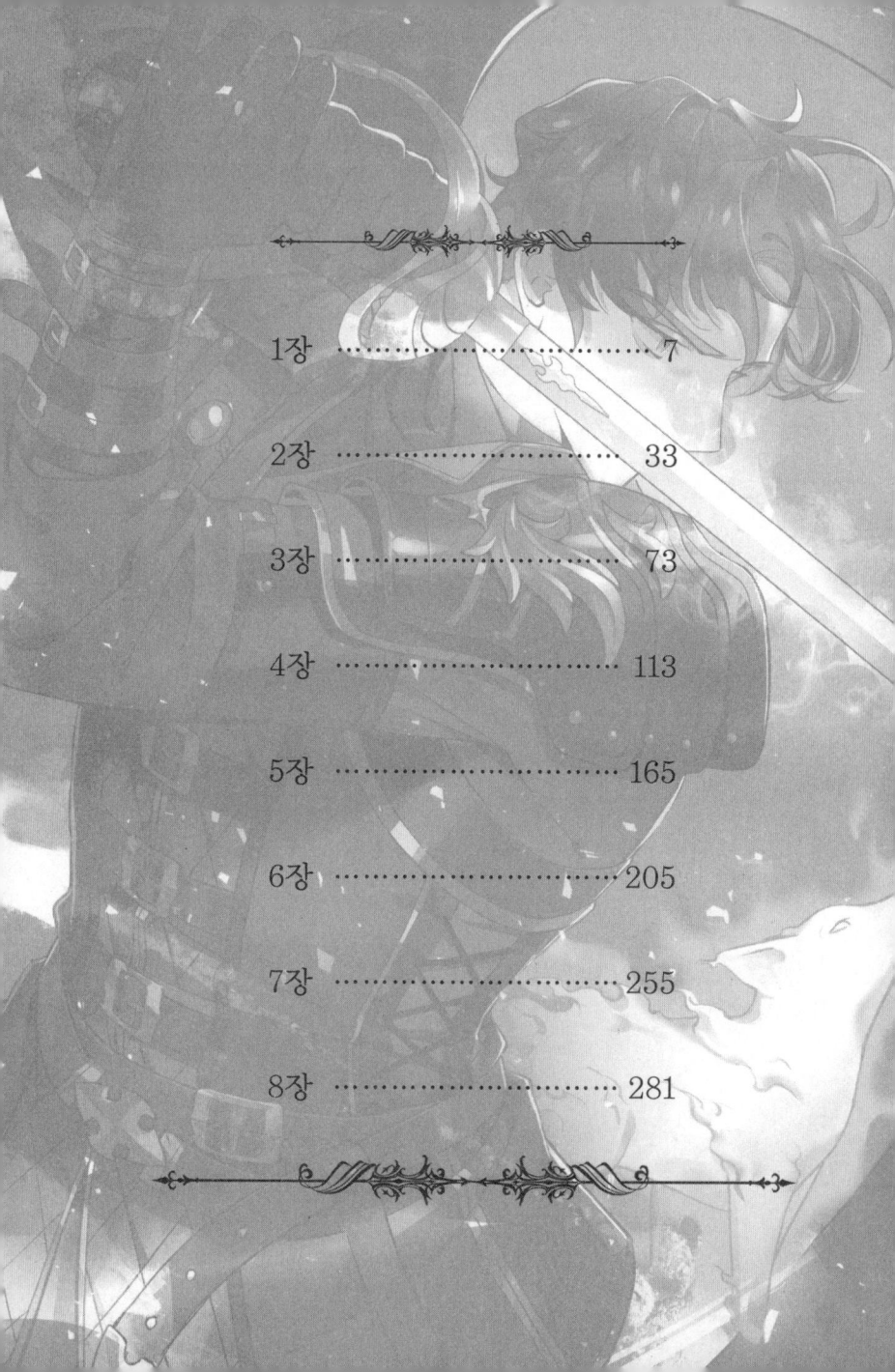

1장	7
2장	33
3장	73
4장	113
5장	165
6장	205
7장	255
8장	281

1장

1장

 론 베어즈는 숲에서 태어났다. 정확히는 산속.
 당연히 귀족 가문의 자제도 아니었다.
 아카데미에 몇 없는 특별 입학생.
 타고난 거력 덕분에 검술과에 입학한 케이스였다.
 베어즈라는 성은 그가 산에서 곰처럼 살았기에 붙여진 성이었다.
 곰처럼 살다 산에서 살던 일족에게 거둬졌고 그들이 론을 키워 주었다.
 그들은 산에서 사는 신비를 다루는 일족이었다.
 부모처럼, 친구처럼, 연인처럼 론 베어즈를 성심성의껏 키워 주었다.
 그들은 이 산을 지키는 대가로 신비를 얻은 일족. 어느새 론은 일족의 대전사 후보가 되어 있었다.

하지만 론에게 신비는 맞지 않는 옷이었고, 그에게 맞는 옷은 거력을 활용하는 일이었다.

족장은 그런 론의 상태를 알았다. 그랬기에 일족의 어른들과 머리를 맞대 생각했고 힘을 모아 론을 이베카 아카데미로 보내기로 결정했다.

자신들이 가르칠 수 없는 것들을 아카데미에서 배울 수 있을 거고, 하고 싶은 것들을 할 수 있을 거라고 생각한 것이다.

론을 아카데미로 보내기 위해 일족은 일족의 보물을 아카데미에 기부했다. 그걸로 특별입학 기회를 얻었다.

이 모든 걸 알게 된 론은 산에서 내려오며 결심을 했다.

일족이 보물까지 줘 가며 보내 준 아카데미다.

그들이 준 기회를 절대로 허투루 쓰지 않으리라. 제대로 성과를 내 빛나는 졸업장과 함께 되돌아오리라.

그렇게 목표를 가지고 들어왔지만 아카데미에 들어온 이후 절망을 맛보고 있었다.

힘으로는 일족들 사이에 적수가 없었던 그였지만, 이곳에서는 그 누구도 쉽사리 이길 수가 없었다.

힘만으로는 부족했다.

이곳에 있는 학생들은 힘과 더불어 기술도 가지고 있었다.

그는 압도적인 힘이 있다면 기술은 필요 없다는 것을 증명하고 싶었지만, 그것은 그저 이상론에 불과했다.

그는 화가 났다. 다른 누군가에게 화가 난 게 아니었다. 분노의 대상은 바로 자기 자신이었다.

에단 선생님의 말이 맞다.

검술과의 꼴등. 그런데도 불구하고 벗어나려고 발버둥조차 치지 않고 있다.

하지만 막상 그 말을 듣자 분노가 치밀어 올랐다.

자신이라고 노력해 보지 않은 게 아니다!

"그ㅇㅇㅇㅇㅇ!"

분노한 론이 그대로 검을 치켜 올렸다.

거대한 덩치였지만 몸놀림은 빨랐다. 순식간에 에단에게 접근한 론이 그를 향해 목검을 내리쳤다.

힘과 힘의 싸움이다.

에단이 천천히 목검을 들었다. 그러곤 론이 휘두르는 타이밍에 맞춰 목검을 휘둘렀다.

학생들 몇몇은 눈을 질끈 감아 버렸다. 에단이 크게 다칠 거라고 생각했기 때문이었다.

까앙-!

목검이 부딪치는 소리와 함께 작은 신음 소리가 들렸다.

"크윽."

그리고 그건 에단의 목소리가 아닌 론 베어즈의 목소리였다.

"……!"

힘 대 힘 싸움.

누가 보더라도 에단이 밀려야 하는 상황이었다. 그런데 에단이 힘 싸움에서 우위를 점하고 있었다.

첫 충돌에서 손목에 큰 타격을 입은 론 베어즈가 인상을 찡그리며 에단과의 힘 싸움을 이어 나갔다.

하지만 균형은 곧바로 깨졌다.

에단이 한 발자국 앞으로 나오자 거구의 론 베어즈가 휘청거리며 밀리기 시작했다.

강의실에 있는 모든 학생들이 믿을 수 없다는 듯이 그 대련을 보았다.

"저게 말이 된다고?"

메이슨 옐로우드가 한껏 인상을 쓰며 혀를 찼다.

저 거력의 론 베어즈와 힘 싸움을 한다고 했을 때. 메이슨 옐로우드는 결국 에단 선생이 잘못된 판단을 했다고 생각했다.

수업을 납득시키기 위해서는 그 능력을 증명해야 한다.

그 증명을 위해 론 베어즈와의 힘 싸움을 고르다니.

메이슨은 마음껏 웃어 줄 생각이었다.

그런데 말도 안 되는 일이 벌어졌다.

론 베어즈는 자신의 힘에 더불어 마나까지 사용했다.

반면에 에단은 마나를 쓰지 않았다.

오로지 육체의 힘만으로 론 베어즈를 압도했다.

'말도 안…… 되는 일이 아니야.'

생각해 보면 첫 수업부터 지금까지 말이 안 되는 일만 해 왔다.

아니 첫 수업이 아니라 신입 교사 입학부터 그랬다.

말이 안 되는 걸 가능케 하고 있다.

순간 에단이 목검을 그대로 흘리고는 옆으로 물러났다. 버티고만 있던 론은 에단이 옆으로 빠지자 그대로 앞으로 쑥 기울어지며 무릎을 꿇었다.

그걸로 대련은 끝이었다.

완전히 한쪽이 압도한 힘 싸움이었다.

"이겼네?"

유나 가넷의 생각 역시 메이슨과 다를 바 없었다.

분명 에단은 마나를 쓰고 있지 않다.

반면에 론 베어즈는 허용 되어 있는 마나를 모두 일으켜 회심의 일격을 내리쳤다.

론이 검술과의 꼴등인 건 확실하지만 그건 론이 제대로 된 검술을 배우지 못해서였을 뿐이다.

게다가 기본 검술인 뤼비네이드 검술에 대한 이해도도 떨어졌으니.

즉, 론은 기술이 부족했을 뿐이지 힘이 부족해서 꼴등이 된 게 아니다.

저 거대한 덩치에서 뿜어져 나오는 타고난 거력은 검술과의 그 누구보다도 대단했다. 사실상 육체의 힘만 따지고 들자면 저 론 베어즈를 이길 수 있는 사람은 아무도 없다.

물론 학생과 교사는 차이가 있을 수밖에 없다. 하지만 이곳이 어디인가. 이베카 아카데미 아닌가.

재능이 뛰어난 원석들이 즐비한 곳.

가르치고 있는 교사가 급속도로 성장하는 경계심을 가질 만큼 잠재력이 뛰어난 학생들이 수두룩하다.

"끄으으으."

그런 론을 오로지 육체의 힘만으로 꺾었다.

학생들은 믿을 수 없는 결과에 에단을 뚫어져라 쳐다볼 수밖에 없었다.

"론 베어즈. 지금 나는 마나를 사용하지 않았다. 오로지 육체의 힘만으로 네 힘과 마나를 꺾어 버렸지."

에단이 무릎 꿇고 허망한 얼굴로 있는 론을 보았다.

"다시 물어보지. 이래도 육체는 중요한 게 아닌가? 아직도 마나가 제일인가?"

같잖다는 듯한 웃음은 론을 향해 있었으나 실상 이건 이 강의실에 있는 모든 학생에게 말하는 거나 다름없었다.

하지만 학생들은 아무도 입을 열 수 없었다.

결국 에단이 다시 그 침묵을 깼다.

"강인한 육체가 토대가 되어 그 위에 마나가 쌓여야 한다. 같은 검로로 검을 휘둘러도 육체의 단련에 따라 그 위력이 달라진다. 또한 강인해진 육체로 검로의 디테일한 부분을 채울 수도 있겠지."

에단의 말이 이어졌다.

"육체 단련 또한 검로를 이해하고 발전시킬 수 있는 요소다. 지금부터 너희들은 이 앞에 보이는 쇠들로 육체 단련을 할 것이다."

론은 눈을 감아 버렸다. 가장 자신 있어 하던 힘 싸움에서까지 밀렸다.

그렇다면 아카데미를 더 다닐 이유가 있을까?

잘하는 거라곤 아무것도 없는데.

망신만 당할 것이다.

자신을 믿고 지원해 준 일족이 욕을 먹게 될 것이다.

론이 천천히 자리에서 일어섰다.

패배의 충격이 너무 컸다.

자리로 돌아가려던 찰나에 에단이 그를 불렀다.

"론 베어즈."

"죄송합니다. 선생님. 제가 어리석은 말을 했습니다. 실력도 부족하면서……."

자기혐오에 가까울 정도로 무너진 눈빛과 말투.

에단은 웃으며 그를 다독였다.

"다 맞는 말이다. 어리석은 말을 했고 실력도 부족하지. 하지만 하나 잘한 일이 있다."

에단이 그에게 다가갔다.

"내 수업을 들은 것."
"……예?"
"아예 힘 쓰는 법을 모르고 있더군."
에단이 그의 등을 툭 쳤다.
"그 힘. 내가 제대로 쓸 수 있게 만들어 주마."

* * *

'특성을 쌓아 놓은 보람이 있군.'
에단은 군말 없이 앞으로 나온 학생들을 보여 미소 지었다. 그냥 앞으로 나와서 육체 단련을 하라고 했어도 아마 학생들은 전부 다 했을 것이다.
하지만 아마 왜, 하는지 제대로 이해하지 못했을 거고 기존에 하던 검로를 수정해 주고 교정해 주는 수업이 더 낫다고 생각했을 것이다.
'그렇게 되면 분명 누군가는 드랍할 수도 있다.'
에단은 이 검로의 이해 수업을 절대로 포기하면 안 되는 영양가 있는 수업이 되도록 할 생각이었다.
그걸 위해선 이렇게 확실한 임팩트가 필요했다.
론은 그 임팩트를 주기에 딱 좋은 학생이었다.
'나야 육체 단련을 열심히 하긴 했지만. 이 쇳덩어리를 들어서 한 건 아니거든.'
병약한 에단에게는 어울리지 않는 수련 방식이다.

'물론 그렇게 말해 봤자 와닿지 않을 테지.'

그랬기에 에단은 얻어 놨던 특성을 은근하게 사용했다.

몸에 걸려 있는 저주, 절멸중 덕분에 계속해서 발동하고 있는 특성 [미식가]와 시련에서 얻었던 [거인의 힘]이었다.

아무리 론 베어즈가 힘이 강하다고 한들 이 두 특성 앞에선 무릎 꿇을 수밖에 없는 법.

게다가 이 힘을 컨트롤하는 게 에단이었으니.

에단은 앞으로 나온 학생들에게 곧바로 시범을 보여 주었다.

"지금부터 나와 이 두 호위가 시범을 보일 거다. 어떻게 단련하는지 보여 줄 테니. 따라 하도록."

에단과 두 호위가 정확한 자세로 쇳덩어리를 들고 내리기를 반복했다. 에단은 반복해서 총 세 번을 보여 주었다.

"봤으면 시작한다! 저번 수업처럼 조를 맞춰서 할 것이다!"

학생들의 눈빛이 빛났다.

몇몇 학생들은 껄끄러워했지만 또 몇몇 학생들은 자신 있다는 표정들이었다.

그냥 체력단련이야 지겹게 해서 사실 질리는 감이 있었으나 이 체력 단련은 달랐다.

그 엄청난 수업을 했던 에단 휘커스 선생님이 가지고 온 체력 단련 루틴이다.

거기에 마나를 사용하면 안 된다고 하니 이전보다 확실히 육체가 단련될 터.

"뭐, 다를 것도 없지."

"어차피 허용되어 있는 마나 자체가 적으니까 말이야. 평소에도 마나가 없이 활동하는 거나 다름없다고."

마나를 쓰지 못한다는 걸 학생들은 그리 큰 페널티라고 생각하지 않았다.

에단이 그렇게 자신만만한 학생들을 슬쩍 보았다.

'생각대로군.'

에단은 속으로 웃으며 계속 지시해 나갔다.

"10번. 반복한다. 아까 보여 줬던 첫 번째 자세다."

에단이 보여 준 건 바벨을 승모근에 걸어 하체 근력을 폭발적으로 강화시킬 수 있는 바벨 스쿼트였다.

"예리카."

"네."

예리카가 딱, 하고 손가락을 튕기자 바벨 열 개가 동시에 떠오르더니 각각의 학생들의 승모근에 정확히 내려앉았다.

순간 마법과 수업을 함께 듣는 검술과 학생들과 마법과의 학생들이 예리카를 보았다.

에단이 데리고 다니는 호위라는 건 알고 있었다. 하지

만 아카데미에 들어왔으니 마나는 제한되어 있을 터라 그 능력에 의문을 가지고 있었다.

그런데 그 의문이 깔끔하게 지워졌다.

"으으."

"으윽!"

저 굉장한 무게를 동시에 들어 정확하게 컨트롤했다. 이 적은 마나로 가능한 일이 아니었다.

학생들은 괴물 같은 선생님의 호위 또한 괴물이라는 걸 깨달았다.

그렇다면 저 근엄한 표정의 기사는 얼마나 더 대단할 것인가.

다들 기대하는 가운데 단련이 시작됐다.

"다운!"

허리를 세우고 정확하게 끝까지 내려갔다 올라온다. 단순한 동작이었지만 마나를 사용하지 않은 이들에겐 쉬운 일이 아니었다.

"끄으으으으윽!"

"집중. 집중해라! 숫자에 집중하지 마라! 열 개를 다 채워야겠다는 생각을 가져선 안 된다! 그 절반을 하더라도 정확한 자세로 하겠다는 마인드로 들어라!"

"끄아아아아아아ㅡ!"

"세 개만 더!"

"아아악! 다 채웠습니다!"

"두 개 더!"

그때 슈들렌이 움직였다.

더 못 하겠다는 학생에게 다가가 차가운 눈빛으로 말했다.

"그 정도밖에 못하나? 마나가 없는 네놈은 정말 가치가 없군. 쓰레기보다 못하다. 풀풀 냄새 나는 그 엉덩이를 당장 들어 올리란 말이다."

"그으으으. 무, 무슨……."

"이런 한심한 놈. 나를 째려볼 시간에 자세에 집중해라. 밥만 먹고 검만 휘둘러 온 놈이 단순한 자세 하나 제대로 못하나? 네게 맛있는 밥을 먹이려던 주방장의 삶이 불쌍하구나."

분명 차가운 눈빛으로 내려다보기만 하라는 게 에단의 명이었다.

하지만 슈들렌은 그걸로 부족하다고 생각했다.

"밥버러지. 이래서야 네 동료가 너를 믿고 등을 맡길 수 있겠나? 단순한 거 하나 못하는데."

"끄으으으으으으!"

분노한 학생들이 슈들렌을 핏발 선 눈빛으로 보았다. 슈들렌은 왠지 기분이 상쾌했다. 기사단에서 들었던 말들이 이렇게 도움이 될 줄은 몰랐다.

대기 중이던 학생들은 질린 눈빛을 보냈다.

다른 의미로 저 기사 또한 괴물임은 틀림없었다.

괴물이 아니고서야 저렇게 마음을 깨는 말은 못할 테니

말이다.

* * *

"흡. 흡. 흡."
메이슨은 무척이나 깔끔하게 바벨 스쿼트를 했다.
이미 그는 마음을 먹었다.
어떻게 해서든 저 빌어먹을 선생에게 한 방 먹여 주겠다고.
그리고 동시에 그런 생각도 들었다.
저 선생이 하는 기대를 왠지 충족시켜 주고 싶다는 그런 생각. 그래서 저 냉혈한 얼굴로 짓는 미소가 자신을 향하는 걸 상상했다.
복잡 미묘한 감정이었지만 요컨대 인정을 받고 싶다는 감정에서 기인한 것들이었다.
"끄으으으아아악!"
그렇기에 더더욱 기합을 넣었다.
학생들은 기합을 넣으며 진지한 자세로 임하는 메이슨 옐로우드를 보며 당황했다.
지금까지 수업이라곤 제대로 듣지도 않고 교사를 무시하기 일쑤였던 메이슨 옐로우드가 저렇게 열심히 수업에 임한다고?
그것도 이 힘겹고 단순한 육체 단련 수업을?
메이슨은 그런 학생들의 의아함에도 아랑곳하지 않고

바벨 스쿼트를 반복했다.

다른 학생들에 비해 메이슨은 꽤 완벽한 자세를 취했다.

"음."

에단이 그런 메이슨을 보았다.

메이슨은 에단과 그 두 명의 조교들이 보여 주었던 자세를 정확하게 따라 하고 있었다.

당연히 칭찬 받을 거라 생각했건만, 에단은 그냥 지나갔다.

"젠장."

이걸로도 부족하다고?

하지만 메이슨은 욕을 한 번 더 하는 대신 바벨 스쿼트를 한 번 더 했다. 다음번엔 무조건 칭찬을 받고 말겠다.

저 에단 휘커스 선생의 입에서 잘했다, 는 말 한마디를 꼭 듣고 말겠다고 생각했다.

"자세. 자세가 흐트러졌다. 정확하게 허리를 세우고. 허벅지만을 이용해서 올라와라. 올라올 때는 엉덩이를 신경 써라. 그저 단순히 앉았다 일어서는 것이 아니야."

에단은 호루스의 눈으로 학생들의 자세를 섬세하게 살폈다.

―호루스의 눈의 숙련도가 상승합니다.
―더 많은 정보를 눈으로 볼 수 있게 됩니다!

호루스의 눈은 굿즈였고 따지고 보면 아이템이었지만 스킬처럼 운용이 됐다.

'숙련도가 오르면 오를수록 보이는 것이 많아진다는 거군.'

에단은 눈에 힘을 주고 더욱더 숙련도를 올리기 위해 노력했다.

"에, 에단 선생님!"

그때 함께 바벨 스쿼트를 하고 있던 유나 가넷이 에단을 불렀다.

솔직히 우습게 봤다.

하지만 막상 직접 해 보자, 그 생각이 싹 지워졌다. 특히 자세가 가장 어려웠다. 머릿속으로는 알겠는데 몸으로 재현하기가 어려웠던 것.

게다가 너무 무겁고 힘겨웠다.

"저, 정말 죽겠어요."

매사 흥분하는 법이 없고 냉정했던 유나 가넷이 다급한 목소리로 말했다. 에단이 가까이 다가가자 유나 가넷이 에단에게만 들릴 목소리로 말했다.

"제, 제가 자그마한 성의를 드릴 수 있어요. 아뇨 큰 성의도 드릴 수 있어요. 그러니까 선생님 그 개수를 열 개로. 열 개를 다 했다고 말해 주시면……."

"유나 가넷 학생."

에단이 그녀를 빤히 쳐다보며 말했다.

"난 학생이 생각하는 것보다 더 부자야. 혹시 돈으로

불가능한 게 없다고 생각하나?"

에단의 말에 유나가 간절한 표정으로 에단을 보았다.

그러나 에단은 냉정했다. 돈으로 바꾸는 게 불가능한 게 바로 여기 있다는 듯이.

"일곱이다. 내려가지 않으면 영원히 일곱에서 멈출 테지."

"으으으!"

강의실이 후끈거렸다.

한차례 단련을 끝낸 학생들의 거센 숨소리와 간간이 들려오는 신음 소리.

계속해서 바벨 스쿼트가 진행되었고 이제 마지막 조만 남게 되었다.

"얼마나 너희들이 나약한지. 이제야 알겠나? 그따위 몸뚱어리로 대단한 검사인 것처럼 흉내를 냈겠지. 이 얼마나 웃기는 말이냐."

학생들은 무력함을 느끼고 있었다.

마나가 없는 자신들이 얼마나 무력한지.

자신들이 얼마나 마나에 의지하고 있었는지.

하지만 유일하게 한 명.

눈을 빛내는 학생이 있었다.

에단에게 힘으로 밀렸던 그 론 베어즈가 앞으로 나왔다. 론 베어즈는 아까 에단에게 조언을 들었다.

그리고 이번 수업은 자신을 위한 수업이 될 수 있을 거라는 말도 했다.

"지금까지 바보 같은 짓을 해 왔어."

론이 중얼거리며 자세를 잡았다.

에단이 말하길.

나약한 마나에 의지해 자신의 가장 강점이라고 볼 수 있는 육체를 버렸다고 했다.

단련을 그만두고 오로지 마나만을 갈고닦고 검을 휘둘렀으니.

몸에 맞지 않는 옷을 어떻게든 입어 보겠다고 몸을 이리저리 어떻게든 작게 만들려는 꼴이라고 했다.

그제야 눈이 뜨이는 기분이었다.

하지만 동시에 그 누구도 론에게 말해 주지 않던 것이었다. 여러 교사들 혹은 친해지려고 다가갔던 학생들은 전부 다 검술을 제대로 배우라고만 했었다.

하지만 에단은 달랐다.

론을 론 그 자체로 강해질 수 있다 말해 준 아카데미의 유일한 사람이었다.

"제대로 강하게 만들어 주시겠다고 했어."

그렇다면 강해질 것이다.

족장님과 마을의 사람들에게 당당히 허리를 펴고 돌아갈 것이다. 지금처럼 초라한 모습이 아닌 이베카 아카데미를 졸업한 일족 최고의 대전사가 될 것이다.

그러니 여기서 보여 줄 생각이었다.

"하나!"

"흡!"

그래서 온 힘을 다해 바벨 스쿼트를 하기 시작했다.

마지막 조였기에 앞서 단련을 했던 학생들은 저 바벨이 얼마나 무거운지 알고 있었다. 마나 없이 앉았다 일어서려면 온몸에 힘을 주어야 했다.

하체의 힘이 중요했고, 특히 몸 전체의 밸런스가 중요했다.

그 밸런스가 무너지면 올바르지 않은 자세가 나올 수밖에 없다.

그러면 귀신같이 슈들렌과 예리카가 다가와 차가운 눈빛과 마음을 꿰뚫는 말들을 쏟아 냈다.

"오."

그러나 론은 달랐다.

내려갈 때부터 안정적으로 내려갔고 아주 가볍게 다시 일어섰다.

"한 번이야 뭐."

그러나 두 번, 세 번, 네 번을 넘어 열 번에 도달했을 때.

학생들의 표정들이 굳었다.

"지금껏 했던 학생들 중에 자세가 제일 훌륭하군."

에단이 흡족한 표정으로 말했다.

"봐라. 이게 내가 너희들에게 바라는 완벽한 스쿼트의 자세다."

에단은 곧바로 예리카에게 눈짓을 했다.

"무게 올립니다."
"괜찮겠지? 론."
"예. 더 올려도 될 것 같습니다. 아직 여유롭습니다."
아직 여유롭다는 론의 말이 학생들의 표정이 일그러졌다.
저 힘든 걸 아직도 반복할 여유가 있다고? 무게를 더해서?
오늘 학생 중에 무게를 올려서 바벨 스쿼트를 한 학생은 없다.
론이 무게를 올린 바벨로 다시금 스쿼트를 시작했다.
아까보다 더 무거웠지만, 여전히 자세는 완벽했고 앉았다 일어나는 과정 또한 부드러웠다.
무게를 올린 게 티가 안날 정도였다.
그 광경에 학생들을 너 나 할 것 없이 경외의 눈빛을 보냈다.
론 베어즈가 저 무게로 바벨 스쿼트를 수십 번 반복한다는 건 육체의 힘이 어마어마하다는 소리였다.
근데 방금 에단이 보여 주지 않았는가.
저 괴물 같은 힘의 론 베어즈와의 힘 싸움을.
에단은 론을 힘 싸움에서 압도하며 이겼다.
그 말인즉슨 저 괴물처럼 바벨 스쿼트를 하는 론보다 에단의 육체가 더욱더 강인하다는 것 아닌가.
"허어어억."
에단에게 한번 혼쭐이 난 이후로 조용히 수업만 듣던 첸이 두 손으로 자신의 입을 막았다.

몸이 덜덜 떨렸기 때문이었다.

"도대체 에단 선생님은······."

"얼마나 강한 거야? 아니 어떻게 저 몸으로 저 론 베어즈를 힘으로 이기신 거지?"

도저히 이해가 가지 않았다.

바벨 스쿼트를 단숨에 끝낸 론이 에단을 보았다.

"훌륭하군. 오늘 네가 1등이다 론 베어즈."

에단이 고개를 끄덕이며 그렇게 말하고는 학생들을 보았다.

"마나가 없는 너희들은 검술과 꼴등보다도 못해. 지금 이 순간만큼 검술과의 일등이 론이다."

"젠장할."

메이슨 옐로우드는 거친 숨을 내몰아쉬며 분함을 감추지 않았다.

다른 학생들도 당당하게 자리로 돌아오는 론 베어즈를 보며 인상을 썼다.

이건 굴욕이었다.

꼴등에게 지다니.

"이제 다들 잘 알았겠지. 육체가 얼마나 중요한 지. 오늘 했던 훈련이 더 이상 힘들지 않을 때쯤엔 너희가 밟을 수 있는 검로 자체가 달라질 거다."

이제야 에단의 말이 뼈저리게 와닿았다.

하지만 동시에 두려움이 생겼다.

너무 진도가 빠르다.

확실히 얻어가는 게 많은 수업이었지만 너무 힘들어서 다음 주 수업은 또 어떻게 할까 하는 생각까지 들었다.

에단에게는 하나의 수업이지만 학생들에게는 여러 수업 중 하나였기에 다른 수업에 지장이 갈까 염려한 것이다.

"다들."

지친 얼굴의 학생들에게 에단이 회심의 미소를 지었다.

호루스의 눈 숙련도가 올라가는 걸 보고 떠올린 아주 좋은 방법이었다.

"다음 주 수업에 대해서 걱정하고 있지?"

자신들의 마음을 꿰뚫어 보는 듯한 말에 학생들은 머쓱한 표정을 지었다.

"내가 수정해 준 검로를 보여 줄 생각으로 왔을 테고. 그걸 일주일 내내 몸을 한계까지 끌어 올려 연습했더니 오늘은 다른 수업을 했으니 말이야."

숙제가 두 개인 셈이었다.

하나는 육체 단련. 그리고 하나는 수정해 주었던 검로를 완벽하게 몸에 체득해서 오는 것.

하지만 이 두 숙제는 몸을 굴려야 했다. 그것도 상당히 많은 시간을 투자해서.

열정만으로는 해결할 수 없는 문제라는 뜻이었다.

"다음 수업을 위해 피로를 풀어 주마."

"네?"

엄격하고 차가운 에단이다.

수업에 따라오지 못하면 첸 가르시아처럼 확실하게 교육을 시켜 주는 그런 선생님이다.

그런데 그가 피로를 풀어 주겠다고 말하다니.

몇몇 학생들은 인상을 썼다.

혹시 피로를 풀어 준다는 게 더 큰 숙제를 내준다는 걸까?

더 큰 숙제로 더 큰 피로를 만들어 이전의 피로를 잊을 수 있게 해 준다는 걸까?

아니면 정말 말 그대로 피로를 풀어 준다는 걸까?

도저히 짐작할 수가 없었다.

두 호위는 피로를 풀어 준다는 에단의 말을 이해할 수 있었으나 굳이 표정으로 드러내지는 않았다.

"너희들의 피로를 가볍게 풀어 주마. 아마 그 즉시 몸이 풀릴 거다."

그렇게 말하고는 손에 기다란 침을 만들어 냈다.

"……!"

"그, 그건……."

"죄송합니다. 선생님! 한심한 모습을 보여서 죄송합니다!"

첸 가르시아가 벌떡 일어서서 90도로 허리를 숙였다.

그 광경에 두 호위는 학생들이 무슨 오해를 했는지 금방 알 수 있었다.

에단은 그런 학생들을 보며 침을 천천히 위로 올렸다.

"걱정 마라. 죽이려는 게 아니다."

"힉."
 첸의 딸꾹질과 함께 묘한 상황이 연출됐다.
 에단이 웃으며 첸에게 손짓했다.
 "첸 가르시아. 아마 네가 제일 피로할 테지? 이전에 내가 격하게 교육을 시켜 줬으니 말이야. 미운 놈한테 스테이크 한 덩이 더 준다는 말이 있다. 내가 피로를 풀어 주지."
 첸은 두려운 표정을 지으면서도 앞으로 천천히 걸어 나갔다.
 에단은 그 모습을 보며 속으로 웃으며 말했다.
 "힘 빼라."
 그러곤 순식간에 침 다섯 개를 동시에 놓았다. 가장 피로가 심할 허벅지에 집중적으로 꽂아 넣었다.
 "어?"
 첸이 순간 눈을 부릅떴다.
 "피로가 말끔하게……."
 에단이 계속 말해 보라는 듯이 손짓했다.
 "사라졌습니다."

2장

2장

 학생들은 에단의 능력이 어디까지 뻗어 있는지 더 이상 예측을 하기가 어려웠다.
 설마하니 첸 가르시아가 거짓말을 할 리는 없으니까.
 가장 피곤해 보였던 그의 안색이 훨씬 나아 보였고 무엇보다 혈색이 돌아와 생기가 느껴졌기 때문이었다.
 "아직 의심스럽나? 자, 줄 서서 나오도록. 아까처럼 조를 만들어서 나오면 곧바로 피로를 풀어 주마."
 에단이 현재 마법학부의 포션 제조학 수업을 맡고 있다는 건 알고 있다.
 한 과목에서 두각을 드러내는 교사는 본 적이 있다. 검술과에도 클라우디 하이드라는 걸출한 교사가 있었고 마법학부에도 있었다.

하지만 이렇게 단기간에, 그것도 다방면으로 능력을 보여 줬던 교사는 없었다.

"선생님."

"유나 가넷. 걱정 마라."

에단이 그녀에게 말했다.

"돈을 주지 않아도 치료 정도야 해 준다."

"……."

유나는 눈을 끔뻑거렸다.

"제가 필요 없으신가요?"

제 도움이 필요 없으신가요? 하고 물었어야 했다. 하지만 돈이 필요 없다는 그 말이 유나에게는 자신의 존재가 필요 없다는 것처럼 느껴졌다.

대상단의 후계자.

돈으로 쌓아 올린 성.

어느 샌가 돈은 유나 가넷 그 자체가 되어 있었다. 그누구도 유나를, 유나의 돈을 거절하지 않았으니까.

처음이었다. 이런 경험은.

에단이 유나를 보았다.

그러곤 말을 잠시 고르더니 적합한 말이라 생각했는지 천천히 말했다.

"돈은 필요 없다."

그리고 침을 사정없이 찔렀다.

푸욱—!

"악."
아플 거라고 생각했지만 전혀 아프지 않았다.
첸 가르시아가 눈에 띄게 혈색이 좋아진 것이 과장이 아니었다.
근육통은 물론이거니와 피로가 쑥 내려가는 느낌이 들었다.
"다음."
머릿속은 더 복잡해졌지만 무언가 반짝이는 걸 찾은 듯한 기분이었다.

-허류침술의 숙련도가 오릅니다!
-허류침술의 숙련도가 오릅니다!

에단은 속으로 흐뭇한 미소를 지었다.
학생들에게 침을 놓을 때마다 숙련도가 계속해서 상승했기 때문이었다.
'너희들이 사랑스럽게 보이는구나.'
에단은 학생들을 보며 눈을 빛냈다.
물론 학생들은 다른 의미로 받아들였지만 말이다.

-허류침술의 숙련도가 오릅니다!
-일정 숙련도에 도달하였습니다.
-침의 개수가 늘어납니다!

-허류 침의 개수가 11개로 늘어났습니다.

본래 만들 수 있던 침의 개수는 10개였다.
이제 하나가 더 늘어나 11개가 되었고 이 늘어난 한 개의 침으로 인해 에단은 더욱더 다양한 곳에 오행침법을 사용할 수 있게 되었다.
'좋아.'
이렇게 허류침술의 숙련도를 올릴 수 있게 될 줄이야.
수업을 하면 할수록 에단은 다양한 걸 얻어가고 있었다.
'이제 다들 표정이 무척 좋아졌군.'
아까까지만 해도 세상 힘겨운 듯한 표정들을 하고 있던 학생들의 표정이 밝아져 있었다.
게다가 눈빛들도 조금은 부드러워진 상태였다.
'그래, 이렇게 피로까지 풀어 줬는데 고마움을 못 느끼면 안 되지.'
"내 수업의 목표는 한 가지다. 너희들이 이 수업에서 뭔가를 얻어 가는 것. 내가 수정해 준 너희의 검로. 그리고 그 검로를 한층 더 완벽하게 따라갈 수 있는 육체의 단련. 이걸로 수업을 듣기 전보다 강해지는 걸로 난 족하다. 너희들이 아카데미의 미래다."
에단은 한층 밝아진 학생들의 표정을 보며 본론으로 들어갔다.

수업의 마무리이자 다음 수업에 대한 내용이었다.
"다음 주는 학부모 참관 수업이 있다. 다들 알고 있을 테지."
학생들이 고개를 끄덕였다.
다들 올 게 왔다는 표정들이었다.
방금까지만 해도 표정들이 좋았건만, 학부모 참관수업이 걱정이 되는지 표정들이 복잡 미묘했다.
고위 귀족의 자제들이라고 해도 부모님의 눈을 신경 쓰는 것은 다를 바 없었다. 아니, 오히려 더 심하다고 볼 수 있었다.
가문을 물려받을 수 있느냐 없느냐가 달려 있으니까.
아마 여기에 있는 학생들의 3분의 2 정도는 다음 주에 있을 학부모 참관 수업에 부모님을 모시고 올 것이다.
그렇게 되면 보여 주어야 한다.
지금까지의 성과를.
심지어 다른 학생의 부모님까지 함께 있으니 더욱더 긴장이 될 수밖에 없었다.
같은 귀족들 사이에서 어떻게 소문이 나는지는 꽤나 중요한 문제.
좋은 성과를 보인다면 부모님에게도 떳떳하고 귀족들 사이에서도 좋은 이야기가 돌겠지만, 반대로 한심한 모습을 보인다면 상상조차 하고 싶지 않았다.
"너희들에게 가장 중요한 행사라는 걸 난 잘 알고 있

다. 여러모로 보여 주고 증명하고 싶은 자리겠지."

에단이 몇몇 학생과 눈을 마주쳤다.

"하지만 한계가 있다. 수업 시간은 한정되어 있으니까. 돋보일 수 있는 학생은 소수다. 이 수업에서 가장 뛰어난 몇몇 학생들만 지목을 받아 발표를 하게 되겠지."

"네?"

"몇 명만 그럼 발표를 하나요?"

"그럼 나머지는 어떻게 됩니까?"

에단의 말에 당황한 학생들이 말했다.

시끄러워지려는 찰나, 에단이 강하게 발을 구르며 학생들을 조용히 시켰다.

쿵!

"아마도 다른 수업에서는 이렇게들 말했을 거다. 하지만 내 검로의 이해 수업에선 소수만 돋보이지 않을 예정이다. 모두가 다 수업에서 활약할 수 있게 할 생각이거든."

이번 학부모 참관 수업.

에단의 말처럼 다른 수업들은 소수의 인원만 돋보이는 방식을 사용할 것이다.

하지만 에단은 단 한 명의 학생도 놓칠 생각이 없었다.

"저번 주 그리고 이번 주에 배운 것들을 토대로 자유 대련을 실시할 것이다."

"자유 대련이요?"

"그게 뭡니까?"

에단이 검지를 들어 자신을 가리켰다.

"나와 너희들이 동시에 하는 대련이다."

* * *

에단의 설명에 학생들의 눈이 빛났다.

학부모 참관 수업 때 진행할 예정이라는 그 자유대련 수업 내용이 꽤 흥미로웠기 때문이었다.

자유 대련.

그 이름처럼 자유롭게 대련을 하는 방식의 수업이었다. 하지만 이 대련은 학생들끼리 하는 게 아니다.

에단을 중심으로 학생들이 한 명씩 나와 에단과 대련을 하는 방식의 수업이었다.

그 과정에서 아카데미에서 배웠던 검술을 펼칠 수 있다.

무엇을 배웠는지, 어느 정도의 수준으로 성장했는지 전부.

모든 학생들이 검로의 이해 수업을 넘어 아카데미에서 배운 모든 걸 보여 줄 수 있는 시간을 가질 수 있었다.

"그, 그런 거라면……."

"저희 모두가 한 번씩은 검술을 보여 줄 수 있겠습니다!"

학생들은 에단의 말에 학생들이 격하게 동의했다. 이거라면 정말 모두가 한 번씩은 주인공이 되어 돋보일 수 있는 기회를 얻는다.

하지만 이건 리스크가 있었다.

"선생님이 너무 힘드실 것 같습니다."

학생들에게는 한 번씩이지만 에단은 75번의 대련을 해야 했다.

그것도 그냥 대련이 아니었다.

수업에서 활약하여 자신의 부모에게 실력을 자랑하고 싶어 하는 학생들과의 대련이었다.

학생들은 이 대련에서 모든 걸 쏟아낼 테고 에단은 그 모든 걸 받아주어야 한다.

아무리 에단이 대단하다곤 하지만 연속으로 75번의 대련을 한다?

그건 저 클라우디 하이드 또한 못할 것이다.

"괜찮으실까요, 선생님?"

"선생님께서 계속 저희와 대련을 하셔야 하는데. 저희야 정말 감사한 일입니다만."

학생들에겐 아주 좋은 기회였지만 이들은 에단의 수업을 한 번 듣고 말게 아니었다.

만약 거기서 에단이 잘못되기라도 한다면?

수많은 귀족가의 눈동자가 그곳에 있으니 에단이 아예 묻힐 수도 있었다.

"나까지 걱정해 줄 여유가 있나 보군?"
"그, 그런 게 아닙니다!"
"걱정하지 말도록. 너희가 걱정하는 일은 없을 테니."
에단이 말했다.
학생들은 그런 에단에게 존경심을 담은 눈빛을 보냈다.
오로지 학생들을 위해서.
다칠 위험과 망신당할 위험이 있음에도 학생들을 위해서 희생하겠다는 것 아닌가!
이렇게 좋은 선생님이었다니.
학생들 중에는 눈시울이 붉어지는 이도 있었다.
물론 학생들의 착각이었다.
에단은 전혀 그런 생각 따위 없었고, 오로지 이 학부모 참관 수업에서 확실하게 자신을 어필할 생각만 하고 있었다.
신입 교사가 초반에 아카데미에서 크게 어필할 수 있는 기회는 이 학부모 참관 수업 때밖에 없다.
사실상 이 학부모 참관 수업은 오로지 학생만을 위한 것이 아니었다.
얼마나 잘 가르치느냐를 학부모에게 보일 수 있는 아주 큰 행사이기에, 학부모 참관 수업은 학생들의 행사면서 교사들의 전쟁이나 다름없었다.
'신입 교사들이야 이제 막 들어왔으니 모르겠지만.'

경험이 있는 교사들은 이번 학부모 참관 수업을 이 악물고 준비할 것이다.
'기억에 남는 건 소수.'
에단은 그 기억에 남을 소수가 될 생각이었다.

　　　　　＊　＊　＊

수업이 끝나고 나가려던 메이슨은 우연히 에단과 입구에서 마주치게 되었다.
메이슨은 그런 에단을 그대로 지나치려고 했다.
이번 수업, 스스로가 만족스럽지 않았다.
가장 잘한 건 그 검술과의 꼴등이었던 론 베어즈였다. 굳이 메이슨이 손을 쓸 필요도 없이 검술과에서 자연스럽게 도태가 됐던 론이 이번 수업에서 1등을 했다.
"맥스 주로드 놈도 없는데."
맥스 주로드는 현 기사학부의 1등을 하고 있는 학생이었다.
입학 때만 해도 자신과 비교되고, 누가 1등을 할지 왈가왈부할 정도였는데 지금에 와서는 하늘과 땅 차이였다.
메이슨은 상위 등수에서 머물러 있는 반면, 맥스는 1등 자리를 한 번도 놓치지 않았다.
그 맥스 주로드는 이 수업을 듣지 않았다.
검로의 이해 수업을 이미 들었기 때문.

반면에 메이슨은 듣고 싶은 쉬운 수업만 듣고 있었으니 이번 검로의 이해 수업도 들어온 것이었다.

"후."

이번 학부모 참관 수업이 여러모로 기회의 장이 될 거라는 생각이 들었다.

하지만 동시에 두려웠다.

공작가의 업무가 바쁠 테지만 아버지는 분명 참여하실 거고 두 형도 특별한 일이 없다면 참석할 것이다.

아무것도 이룬 것 없이 시간만 흘려보낸 메이슨이 거기서 아버지를 만족시키고, 형들을 놀라게 할 수 있을까?

어쩌면 두 형들은 좋아할지도 모른다.

완전히 경쟁자가 사라졌노라고.

"젠장."

원래라면 별 신경을 쓰지 않았을 것이다. 괴롭긴 하지만 이미 다 늦었다고 포기해 버렸을 텐데.

에단 휘커스. 그자가 했던 말이 계속 머릿속에 떠올랐다.

메이슨은 머리를 흔들며 바로 연습실로 향했다.

잡생각은 잊는다. 지금 해야 할 건 그 에단 휘커스에게 증명해 보이는 것 아니겠는가.

그때 메이슨의 옆으로 누군가 스쳐 지나갔다.

"뭐, 쓸 만은 했다. 메이슨 옐로우드."

순간 메이슨이 눈을 크게 떴다.

2장 〈45〉

급하게 뒤를 돌아봤지만 하지만 에단은 이미 한참이나 멀어진 뒤였다.

"쓸 만은 했다니. 젠장."

메이슨은 이를 악물고는 연습실로 뛰어갔다.

　　　　　　＊　＊　＊

"오늘 검로의 이해 수업 어땠냐? 진짜 나한테는 좀 말해 줘라. 나도 다음엔 무조건 에단 선생님 수업 듣게. 진짜 너무 후회된다."

검로의 이해 수업을 듣고 있는 학생들은 신청하지 않은 다른 친구들에게 그 수업 내용에 대해서 추궁을 당했다.

다들 한마음 한뜻으로 쉽게 입을 열지 않았기에 친한 친구 사이에서만 내용에 대해 알음알음 소문이 돌았다.

하지만 이번엔 뭔가 이상했다.

"미친. 이번엔 더 장난 아니었냐? 아니 도대체 에단 선생님은 얼마나 강하신 거야? 이번 검로의 이해 수업도 학부모 참관 수업 할 거 아니야. 그거 어떻게 하신대?"

검로란 검술의 핵심 중 하나였다.

당연히 검술과의 교사들이라고 해도 이걸 잘 가르쳐 주기는 힘들었다.

자신들의 검술의 핵심을 알려 줄 수 없는 노릇이기에 그걸 두루뭉술하게 풀어서 설명하거나, 변형시켜서 설명하는 정도가 한계였다.
 그러니 사실상 영양가는 그리 크지 않았다.
 그렇다고 배울 만한 게 없다고는 말하지 못했지만 적어도 엄청난 걸 배운다는 생각도 들지 않았다.
 각자 가문에서 배워 왔던 것과 별반 다를 것도 없었으니.
 하지만 유일하게 영양가가 있는 수업을 하는 교사가 있었다.
 클라우디 하이드.
 "왜 말이 없어. 클라우디 선생님만큼 했다는 건 아니겠지?"
 "당연히 아니지."
 "이제야 입을 여는구만. 그럼 말 좀 해 봐. 어땠냐니까?"
 "지금까지 배워본 적 없는 걸 배우고 있어."
 "뭐?"
 "이럴 시간이 없다고. 지금 나 수업 복습하러 가야 된다."
 "미, 미친놈! 어디 가!"
 저번 수업과 마찬가지로 연습실이 뜨거웠다.
 그리고 거기에 있는 인원은 싹 다 검로의 이해 수업 학생들이었다.

※ ※ ※

 "고생들 했어. 덕분에 수업을 수월하게 진행할 수 있었다."

"별 말씀을요. 그런데 완전히 분위기가 다르시던데요."
예리카가 수업 당시 에단의 모습을 회상했다.
그 날카로운 분위기와 차가운 분위기는 쉽사리 말을 걸거나 함부로 대하기가 어려운 선생님 그 자체였다.
"할 땐 제대로 해야지. 여기 학생들은 얕보이면 그대로 기어오르거든."
"확실히 그래 보여요."
예리카는 이베카의 학생들을 꽤 자세히 관찰했다. 학생이라고는 생각하기 어려울 정도로 다들 수준이 높았다.
가지고 있는 잠재력도 훌륭했고 받아들이는 머리도 똑똑했다.
교사가 조금이라도 게으르거나 능력이 부족하면 그걸 알아챌 정도로.
에단이 말한 것처럼 조금이라도 방심할 수가 없었다.
"정말 재밌었습니다. 공자님. 이런 경험은 처음입니다."
슈들렌이 소감을 말했다.
그런데 눈빛이 뭔가 이상했다.
"제가 기사단에 막내로 들어왔을 때. 윗 기수 기사님들이 이런 기분이었을까요."
"……좀 다른 거 같은데요."
예리카가 슈들렌이 눈빛이 이상하다는 제스처를 취했다.
"아무튼. 저도 예리카 님과 같은 걸 느꼈습니다. 역시 공자님이십니다."

어느새 평소 상태로 돌아온 슈들렌이 에단을 향한 경외심의 눈빛을 보냈다.

"근데 학생들에게 에단 님만의 이런 노하우들을 알려 줘도 되는 건가요?"

예리카는 이번 수업에서 에단이 생각보다 많은 것들을 학생들에게 알려 주고 있다는 생각을 했다.

아무리 이곳이 아카데미라고는 하지만 교사는 핵심적인 노하우까지는 잘 알려 주지 않는다.

그게 교사가 가진 강함의 핵심이기 때문이었다.

"내가 알려 주고 있는 건 그리 대단한 게 아니야. 상당히 기본적인 거거든. 그리고 그대로 알려 줘도 전부 다 따라오진 못할 거야. 쉽지 않으니까."

에단이 어깨를 으쓱거렸다.

그리고 에단 자신이 가르치기에 의미가 있는 것이다.

"그리고 학생들이 강해지면 그게 다 내 이득이 돼. 평가가 좋아질 테니까."

그러니 사실상 수업에 투자하면 투자할수록 그대로 돌려받는 셈이었다.

에단의 최종 목표는 마스터다.

마스터가 되면 그다음 스텝을 밟을 수가 있다.

"그게 기본적인 거라구요?"

"기본적이지. 나한테 있어선."

'내가 가르치는 학생들의 데이터가 동시에 나한테 쌓이

는 거니까.'

그냥 가르치기만 하는 게 아니었다.

"아직 모자라. 가르칠 게 많으니까."

에단의 표정을 보며 예리카는 학생들을 떠올렸다.

75명의 학생들.

그들은 에단이 말하는 기본적인 것들도 제대로 소화하지 못하고 있는 상태였다.

이런 상황에서 에단이 한 단계 더 난이도가 높은 것들을 가르친다면?

좋으면서도 비명이 절로 나올 터.

하지만 도리어 생각해 보면 이건 다른 교사들은 절대로 해 주지 못하는 수업방식이었다.

"안타깝게 됐네요."

"뭐가?"

"에단 님 수업 맛을 봤으니. 이제 다른 수업을 들으면 얼마나 밋밋할까요."

예리카의 말에 에단이 경쾌하게 웃었다.

"그럼 내 수업만 들어야지. 맛없는 거 먹다가 맛있는 건 먹을 수 있어도 그 반대는 안 되거든."

　　　　　＊　＊　＊

"클라우디 선생님. 이건 가만히 있을 수 없는 거 아닙니까? 이제 막 들어온 신입교사가 아카데미의 기본 룰을 무시하고 날뛰고 있다구요. 게다가 검술과에선 클라우디 선생님이 선배 아닙니까? 따로 찾아오기는커녕 아예 있는지 없는지조차 모를 정도로 무시를 하는군요!"

클라우디의 사무실.

신입 교사를 제외한 모든 선생들은 개인 사무실을 가지고 있다.

연차에 따라 그 크기가 달라지는데 클라우디의 사무실은 이미 부장급 사무실과 비슷한 크기였다.

그 사무실에 한 교사가 찾아왔다.

검술과의 중견 교사이자 클라우디의 1년 후배인 마르틴스 라네였다.

라네 가문의 방계 중 한 명으로, 아카데미에서 벌써 몇 년째 근무 중인 베테랑 교사였다.

"조용히 해라. 동네방네 떠드는 것도 아니고. 사무실에 사일런스 마법이 걸려 있다고 해도 선생의 목소리라면 다 들리겠어."

"아니, 클라우디 선생님. 지금 흥분 안 하게 생겼습니까."

"도대체 뭐가 문제지?"

"룰을 무시했습니다! 너무 나대는 거 아닙니까."

"음."

계속 말해 보라는 듯이 클라우디가 고개를 끄덕였다.

"들은 바로는 제대로 된 수업을 하는 게 아니라고 합니다. 뭔가 대단한 걸 가르쳐 주겠다며 실상 하는 건 무슨 체력 단련이니 검술을 봐준다니. 하는 그런 것뿐이라고 합니다. 그건 개인교사를 할 경우에나 할 법한 거 아닙니까?"

마르틴스가 흥분한 채 말을 이었다.

"이베카 아카데미의 교사로서 실격입니다. 표준 검술인 뤼비네이드 검술은 아예 가르치지도 않고 있고요. 여기 들어온 이유가 학생들에게 잘 보여서 다른 귀족 가문의 개인 교사로 들어가려는 것 같다는 말입니다!"

클라우디는 마르틴스의 이야기를 듣고 잠시 그를 보았다.

"수업을 들어 본 적은 있나?"

"없습니다. 하지만 첫 수업 때 첸 가르시아를 아주 팼다고 하더군요. 교사 실격입니다, 그놈은. 도대체 근본도 없는 놈을 왜 교사로 합격시키고 수석 자리를 준 건지!"

마르틴스가 언성을 높이며 말했다.

"게다가 마법학부 학부장님도 그렇습니다. 신입교사의 뭘 보고 수업을 내준 겁니까? 그것도 검술과의 교사한테 마법학부의 수업을!"

"마법학부 학부장님은 허투루 수업을 맡길 사람이 아니야. 교장 선생님이 직접 부탁했더라도 자격이 없으면 거절하실 분이지."

"선생님! 지금 에단 선생 편을 드시는 겁니까?"

"난 누구의 편도 아니야. 추하구나, 마르틴스. 예전에 너는 조금 더 총명했었다. 지금은 이게 무슨 추태냐."

자신의 편을 들어 줄 거라 생각했던 클라우디의 반응이 시원치 않자, 마르틴스는 순간 말문이 막혔다.

하지만 여기서 물러날 수는 없었다.

"하지만 그놈은 단순히 검술과를 발전시키려는 건 아닌 것 같단 말입니다. 같잖은 교사 놀이를 하는 걸지도 모릅니다."

"교사 놀이?"

"그 문제아 있지 않습니까. 메이슨 옐로우드. 그놈. 각 잡고 에단 선생의 수업을 듣더군요. 또 둘이 서로 이야기하는 걸 봤다는 사람도 있습니다."

메이슨 옐로우드는 전도유망한 학생이었다.

물론 그건 자신의 수업을 잘 따라왔을 때의 가정이었다.

메이슨의 속은 상당히 꼬여 있었고, 그 꼬여 있는 걸 풀어 주면서까지 교육시킬 정도의 잠재력은 아니었다.

차라리 그 노력을 다른 곳에 쏟는 게 맞다.

그가 그렇게 판단한 이상, 메이슨은 검술과의 버린 패였다.

검술과의 버린 패를 에단 휘커스가 가지고 놀고 있다고 하니 클라우디 입장에서도 심기가 나쁠 수밖에 없었다.

"네 말도 일리가 있다. 하지만 그건 감정적으로 해결할 문제는 아니다. 지금 당장 에단 선생은 아카데미에 도움이 되는 게 확실하니까."

클라우디는 매일같이 연습실이 꽉 차서 연습이 힘들다는 이야기를 들었다.

그리고 그 연습실을 가득 채운 게 에단의 수업을 듣는 학생들이라는 것도.

적어도 에단은 학생들에게 긍정적인 방향으로 수업을 진행하고 있는 건 확실했다.

그게 클라우디의 심기를 거스르고 마르틴스가 말하는 교사 놀이 어쩌고 하는 일일지라도 말이다.

"그런데도 그냥 넘어가시겠다는 겁니까?"

"그만. 업무가 바쁘니 다음에 얘기하자고."

클라우디가 손을 휘휘 저었다.

나가라는 말이었다. 마르틴스는 한숨을 내쉬고 그대로 클라우디의 집무실을 나왔다.

그러고는 문을 잠시 쳐다보다가 얼굴을 쓱 매만지며 중얼거렸다.

"……안 넘어오네. 클라우디 하이드."

방금까지 흥분해서 이야기했던 게 무색할 정도의 무표정이었다. 차갑게 가라앉은 눈에서는 아까와 같은 분위기는 전혀 찾아볼 수가 없었다.

"그럼 작업을 해 놓는 수밖에."

방해가 될지도 모르는 에단 휘커스는 처리하는 게 좋을 테니까.

* * *

"준비가 다 끝났습니다."

"마법사들, 마지막 점검한다. 이 마법사들이 핵심이야. 그쪽에서 사 온 비싼 마법을 제대로 시전해 주지 않으면 사업이 돌아갈 수가 없어."

"당장 데리고 오겠습니다!"

다비드 상단은 에단과의 협업을 통한 경량화 공방의 오픈을 목전에 두고 있었다.

총괄을 맡은 에트닝 헌트는 사업을 맡은 후 곧장 상부에 보고를 한 뒤 오픈에 착수했다.

'휘커스 백작령에 있는 경량화 공방의 성장세가 심상치 않아.'

그녀가 처음 계약을 맺으러 갔을 때보다 거의 세배는 더 커진 듯했다.

또한 경량화 공방 때문에 다 죽었던 휘커스 백작령이 이제는 그 근방 영지 중 가장 활기가 넘치는 곳이 되고 있는 상태였다.

"마치 이렇게 될 거라고 예상이라도 한 것처럼 순식간에 발전하고 있단 말이지."

휘커스 백작령은 빠르게 사람들이 늘고, 도시가 발전해 가고 있었다.

방치되어 있던 땅 또한 작업이 시작된 상태였고 이미 절반 정도는 완성되어 있었다.

경량화 공방 사업이 당연히 크게 성공할 거라 믿고 공방의 초기부터 발전시킨 게 틀림없었다.

"번 돈을 전부 영지 발전에 쓰고 있다는 거지."

에트닝이 알고 있기론 휘커스 백작은 이런 과감한 선택을 하는 사람이 아니었다.

만약 그가 기회가 왔을 때 잡을 줄 아는 사람이었다면 스스로 기회를 만들 줄도 알았어야 했다.

그리고 만약 그랬다면 백작령이 이렇게까지 되진 않았을 것이다.

그렇다면 답은 하나.

에단 휘커스의 생각이겠지.

그런 그의 상념을 지우는 목소리가 들려왔다.

"들어가겠습니다!"

부하가 그 말과 함께 마법사들을 데리고 들어왔다.

그녀는 잠시 생각을 미뤄 두었다. 지금은 온전히 이 경량화 공방 사업에만 몰두할 때였다.

'이걸 성공시키지 못하면. 그 에단 휘커스는 절대 우리 다비드 상단과 다시 일을 하지 않을 거야.'

그렇다면 다른 상단에게 이 사업을 맡기게 될 터.

그건 절대 안 될 일.

이 기회를 확실하게 살려야 했다.

"에트닝."

그때 마법사들보다 먼저 보기 싫은 얼굴의 사내가 들어왔다.

사내가 들어오자 마법사들과 에트닝의 부하가 그대로 들어오던 길로 다시 나갔다.

"어서 오십시오, 키멀 부상단주님. 바쁘실 텐데 여기는 무슨 일로?"

"우리 돈귀신 에트닝 부상단주께서 새 사업을 시작한다길래 찾아왔지. 우리 상단에서 제일 돈 냄새 잘 맡는 게 자네 아닌가. 그런데 이번엔 그 코가 잘못됐다고 하던데. 사실인가?"

키멀이 이죽거리며 말했다.

그는 다비드 상단의 3명의 부상단주 중 하나였다.

"뭐, 돈도 안 될 것 같은 쓰레기 같은 사업을 비싼 돈 주고 사 왔다던데."

"말씀이 좀 심하십니다. 부상단주님."

"에트닝. 이 사업이 정말 잘 될 거라고 생각하나? 이런 한심한 사업이?"

키멀은 아주 상단 내에서도 유명한 낙하산 인사였다.

물론 낙하산이라고 해도 실력이 없는 편은 아니었지만, 같은 상단 내의 유망한 상인들을 깔아뭉개면서 그들의 성과를 빼앗아 버렸기에 평이 상당히 좋지 않았다.

에트닝 또한 사업을 몇 개 빼앗겨 본 적이 있었고 대놓고 싸운 적도 많았다.

　하지만 결국 굴복할 수밖에 없었다.

　같은 부상단주이긴 하나 키멀은 상단주의 형제였고 에트닝은 그저 부상단주였으니까.

　"뭐가 문제입니까? 부상단주님."

　"문제는, 이걸 사 온 자네의 안목이지. 대 다비드 상단이 말이야. 지방의 별 볼 일 없는 귀족 가문과 사업 계약을 맺었다고? 이 얼마나 체통 떨어지는 일인가."

　"체통이 문제입니까? 상인에게는 돈이 전부 아닙니까?"

　"그거야 옛날 일이지. 에트닝. 언제까지 옛날처럼 상스럽게 살 건가? 돈에 미쳐서 살 거냔 말이야. 이제 다비드는 중앙에서도 손꼽히는 상단 중 하나야. 대륙 전체로 따져도 이름난 상단이라고. 그러면 이제 돈만을 추구해서는 안 되지."

　키멀 부상단주의 말에 에트닝은 화가 났다.

　상인에게 있어서 중요한 건 돈을 버는 일이다.

　그게 전부다. 다른 건 생각할 가치조차 없다.

　우선순위에 돈이 아닌 다른 걸 두는 순간, 그걸 상인이라고 보기엔 어려웠다.

　"상단을 운영하시고 싶으신 겁니까. 아니면 다른 무언가가 되기를 바라시는 겁니까?"

　에트닝의 말에 키멀 부상단주가 기다렸다는 듯이 말했다.

"이 쓰레기 같은 사업. 망하면 다비드 상단을 나가 달라는 이야기네. 에트닝."

키멀 부상단주가 자신의 콧수염을 쓰다듬었다.

"부상단주께서 그럴 권한이 있으십니까?"

"같은 부상단주라고 해서 같은 위치에 있는 줄 아나? 에트닝."

키멀이 한껏 인상을 쓰며 말했다. 확실히 그의 말대로였다.

같은 부상단주지만 저쪽은 피로 이어진 관계.

거기다 저쪽은 단순히 부상단주 직책을 넘어 외부 사업 총괄단주의 직책도 가지고 있었다.

이번 사업 또한 외부에서 끌어 온 사업이었다.

같은 부상단주여도 급이 다르다.

"그 에단 뭐시기라는 지방 귀족가의 꼬마와 사업계약을 맺다니. 에잉, 쯧. 감이 없어도 이렇게 없어서야. 체통이 있어야지."

거만한 모습으로 떠나가는 키멀 부상단주를 보며 에트닝의 부하가 마법사들과 함께 급하게 방으로 들어왔다.

"다 들었지?"

"예."

"이렇게 된 이상 망하면 그걸로 끝이야."

"명심하겠습니다."

에트닝이 눈을 빛내며 말했다.

"무조건 성공시킨다."

　　　　＊　＊　＊

포션 제조학 수업은 학부모 참관 수업에서 제외였다.
이유는 간단했다.
"우리 포션 제조학 수업은 학부모 참관 수업에 나가지 않는다. 다들 이유는 알겠지?"
"예. 수업이 너무 많아서 라고 들었습니다."
마법학부의 수업이 너무 많다.
세세하게 나누어져 있는 마법학부의 수업들 중엔 학부모 참관 수업에 꼭 나가야 할 수업들이 굉장히 많았다.
그러다 보니 상대적으로 마법학부 쪽에선 덜 중요한 수업을 빼야 했다.
하센 리틀이 있었다면 몰라도 아직 검증이 안 된 에단이 마법학부의 참관 수업에 나가는 건 무리였다.
"뭐, 마법사가 아닌 내가 너희들을 데리고 학부모 참관 수업을 하는 것도 웃기는 일이지."
"저희는 그래도 선생님을 마법사라고 생각하고 있습니다!"
첫 수업에선 반발이 심했던 학생들이었지만 그날 이들의 생각은 바뀌었다.
검술과에서 돌던 소문들을 처음엔 무시했고 과장이라고 생각했지만 직접 겪어 보니 과장이 아니라는 걸 알았기 때문이었다.

 검술과에서 흘러나온 소문으론 에단이 정말 영양가 있는 수업을 한다는 것이었다.

 검술과의 교사들과 마찬가지로 마법학부의 교사들도 자신의 핵심 기술을 잘 가르쳐 주지 않았다.

 아니, 따지고 보자면 검술과보다 더했다.

 검술과는 아무리 재능이 뛰어나도 그대로 검술을 재현해 내기가 어렵다.

 검술은 각 검술마다 많이 다르기 때문이다.

 하지만 마법은 다르다.

 웬만한 핵심 기술들을 각자 응용하는 것이 가능하다.

 그러다 보면 순식간에 교사보다 뛰어난 마법을 쓰게 될 수도 있는 것.

 그렇기 때문에 마법학부의 교사들은 자신의 이론을 가르쳐 주되 핵심은 은근히 돌려서 가르쳤다.

 핵심 이론과 기술.

 이 두 가지는 수제자나 혈족에게만 가르치는 것이었기에 학생들에겐 가르치지 않을 수밖에 없었다.

 그리고 그런 것들이 마법학부의 학생들은 마음에 들지 않았다.

 이럴 거면 뭐 하러 아카데미에서 수업을 들을까.

 차라리 개인 교사에게 따로 배우거나 이름 난 마법사의 수제자로 들어가는 게 낫다.

그것도 아니라면 마탑에 들어가는 편이 훨씬 더 많이 배울 수 있었다.
그렇기에 학생들은 이 수업을 기대했다.
에단의 이 포션 제조학 수업에서 배울 만한 게 있을 거라고.
"다들 눈이 반짝이는군 그래."
포션 제조학 수업은 이번이 두 번째 수업이었다.

-중간에 이어 맡은 수업을 훌륭하게 받았습니다.
-학생들이 모두 출석하였습니다!
-명성이 오릅니다!

중간에 이어받은 수업을 이탈자 없이 진행하는 것 자체에도 명성이 올라가는 게 있었다.
'그리고 끝까지 다 끌고 가면 추가로 명성이 오를 거고.'
이들이 에단에게 기대하면 기대할수록 좋았다.
'전혀 부담스럽지 않으니까.'
기대하는데 줄 게 없다면 부담스럽겠지만, 에단은 이미 준비되어 있는 것이 많았다.
'여기서 확실히 신뢰를 얻어 놓으면 2학기부터는 훨씬 더 쉬워지지.'
그때 에단은 조금 무리를 해서라도 많은 수의 학생을 받을 생각이었다.

아카데미에서 허용하는 인원 수를 전부 다 담아서 수업을 진행해야 명성이 많이 오른다.

"가문 내의 가정교사에게 포션 제조에 대한 기본을 배운 이는 손을 들어 보도록."

에단의 말에 모든 학생들이 손을 들었다.

"가문에서 배운 것과 같은 내용을 아카데미에서 배운 사람은?"

이 말에도 모두가 손을 들었다.

이미 이들은 기초적인 것들은 전부 알고 있다.

그럼에도 이 포션 제조학 수업을 들은 이유는 이전의 수업 담당이었던 하센 리틀 때문이었던 것이다.

"너희들이 하센 리틀 선생님에게 기대했던 건 실용적인 포션 제조법이겠지. 거창한 것보다는 평소에 유용하게 활용할 수 있는 그런 포션 제조법 말이야."

매번 배워 왔던 것이 아닌 새로운 것을 배우기 위해 하센 리틀의 수업을 신청한 것이다.

실질적으로 영양가가 있는 것.

아카데미의 학생들 모두가 원하는 것이었다.

에단이 곧장 칠판에 글자를 쓰기 시작했다.

[포션 제조법]

"힐링 포션, 마나 포션, 버프를 주는 버프 포션. 포션의 종류는 여러 가지가 있다. 하지만 같은 포션이어도 효과가 다르다."

에단은 말을 마치고는 그란델 토프를 보았다.

어떻게 다른지 설명해 보라는 뜻이었다.

"최하급, 하급, 중급, 상급, 최상급. 이렇게 5단계로 나뉘어져 있습니다. 좋은 재료가 바탕이 되면 아무리 못 만들어도 하급은 나오고 나쁜 재료는 어떻게 만들어도 하급 이상은 만들 수 없습니다."

그래서 포션 제조에서 가장 중요한 건 재료였다.

재료가 뒷받침되지 않으면 아무리 실력 좋은 연금술사라도 좋은 포션을 만들어 내기가 어려웠다.

물론 실력 좋은 연금술사가 좋은 재료를 만나면 어느 등급 이하의 포션도 만들어지지 않는다.

"포션제조술에선 재료가 가장 중요하다고 저는 알고 있습니다."

"그래. 그렇기에 포션 제조학은 누가 가르쳐도 사실 그리 큰 차이가 나지 않는다."

좋지 않은 재료를 사용하면 좋은 포션이 나올 수가 없다.

이건 진리에 가까운 포션의 본질이었다.

"그럼 그 재료를 어떻게 다뤄야 하는지 알고 있나?"

"재료를 넣는 타이밍이 중요합니다. 정확한 타이밍에 넣어야 재료를 버리지 않고 좋은 효과를 가진 포션을 만들어 낼 수 있습니다."

에단의 물음에 그란델 토프가 자신 있는 표정으로 고개를 끄덕였다.

"확실합니다. 시간을 들이면 들일수록 좋은 포션이 만들어집니다."

그 말에 씩 웃은 에단이 방금 칠판에 써 놓았던 [포션 제조법]의 앞에 새로운 글자를 써넣었다.

[올바른]

"여러분들은 포션 제조에 대해서 선입견을 가지고 있다. 바로 오래도록 시간을 들여야 한다는 것이다. 하지만 그건 틀렸다."

에단의 말에 학생들이 집중했다.

"자, 마법을 하나 보여 주마."

에단이 간단한 파이어 볼 마법진을 그렸다.

딱 다섯 번의 선 긋기로 파이어 볼이 쑥, 하고 에단의 손 위에 나타났다.

"이게 기본."

그리고 다음에는 네 번이었다.

"응용."

이번엔 세 번의 선 긋기로 마법진을 그려 파이어 볼을 만들어 냈다. 크기는 가장 첫 번째보다 더 작았지만 만들어지는 속도는 훨씬 빨랐다.

"이게 심화. 여러분들 같은 엘리트 마법사들은 기본적으로 이 심화 버전의 파이어 볼을 사용할 수 있겠지?"

다들 고개를 끄덕였다.

아직 몇몇 학생들은 네 번의 선긋기가 필요했지만, 대부분은 세 번으로 충분했다.

무척 어려운 일이었으나 가장 기초적인 파이어 볼 이었기에 가능한 일이었다.

그때 에단이 심플하게 손을 두 번 움직였다.

두 번의 선 긋기.

"그리고 이게 가속이다."

"……!"

"말도 안 돼!"

"어, 어떻게?"

순간 그란델이 참지 못하고 외쳤다.

두 번의 선긋기로 파이어 볼을 만든다고?

"서, 선생님 왜 검술과에 지원하신 거예요!"

예의가 어긋난 말이었지만 그란델은 말하지 않고는 버틸 수가 없었다. 검사가 두 번의 선긋기로 파이어 볼을 만들어 낸다고?

고위 마법사가 아니라면 불가능한 일.

"이건 그저 예시일 뿐이다. 나는 마법에 그리 조예가 깊지 않다. 그저 마법진을 잘 다룰 뿐이거든."

에단이 순간적으로 한 번 더 마법진을 쓱싹 그려냈다.

"죄송합니다. 선생님."

"괜찮다. 네가 대표로 질문한 것뿐이다."

그란델이 주변을 슬쩍 보았다.

다들 그란델과 같은 표정이었다. 아마 자신이 물어보지 않았으면 다른 학생이 물어봤을 것이다.

그만큼 에단이 행한 두 번의 선긋기로 만들어 낸 파이어 볼 마법진은 충격적인 것이었으니까.

그런 그들의 놀람에 아랑곳 않고 에단의 설명이 이어졌다.

"여기서 중요한 건 이 두 번의 선 긋기로 만들어 낸 '가속'이다. 파이어 볼의 형태를 유지한 채로 마법이 완성됐지. 분명 원본은 다섯 개의 선으로 이루어진 마법진인데도 말이야. 왜인지 알고 있나?"

여기서 가장 뛰어난 마법사인 그란델조차 그 이유를 알지 못했다.

그저 마법진을 압축했다고만 알고 있을 뿐, 왜 그렇게 작동이 되는지 본질을 모르고 있는 것이다.

'모를 수밖에.'

지금 에단이 하는 건 미래의 마법이었다.

미래의 뛰어난 연금술사가 개혁했던 포션 마법진의 결정체로 그 핵심의 일부를 보여 줄 생각이었다.

'사실 이 마법은 메판의 유저들의 편의를 봐주기 위함이었지.'

메판에선 일일이 포션을 만드는 게 상당히 까다롭다.

그 때문에 비싼 가격에 포션을 구매할 수밖에 없었고 레벨이 오르다보면 그 포션 값 때문에 허리가 상당히 휘었다.

포션 때문에 뭐 제대로 대규모 원정 같은 것도 떠나기 힘들어지니 긴급 패치를 통해 만들어진 설정이었다.

'나는 그걸 알고 있다.'

다들 조용히 에단의 답을 기다렸다.

침묵하고 있었지만 그들의 흥분감이 느껴졌다.

"브륄레."

에단이 짤막하게 말했다.

"여기에 있는 선. 이 선이 품고 있는 힘이 바로 브륄레다. 태우는 힘. 이 선 하나가 태우는 힘을 지니고 있기 때문에 두 개의 선으로도 파이어 볼이 만들어지는 거다."

브륄레를 그려낸 에단이 곧장 품 안에서 재료를 꺼내 들었다.

"그럼 이걸 포션 제조에다 결합한다면? 포션을 만들 때 시간을 들여 만들라는 이유는 포션을 만들 때 재료를 확실히 가열시키기 위함이지."

에단이 한차례 호흡을 고르곤 말을 이었다.

"이 브륄레를 결합하면 지금보다 훨씬 더 강하게 가열할 수 있을 거고 그만큼 빠르게 포션을 만들 수 있게 될 거다."

에단에게는 현재 허류탕약술이 있다.

하지만 허류탕약술이 없던 메판의 플레이어 시절에도 에단은 포션제조에 일가견이 있었다.

특히 포션을 효율적으로 만드는 것이 에단의 주특기였다.

'지금이야 허류탕약술이 브뤼레를 이용하는 것보다 훨씬 더 효과가 좋으니 쓰지 않을 뿐이지.'

학생들에게 허류탕약술을 알려 줄 순 없는 일.

그러니 브뤼레를 알려 줄 생각이었다.

어차피 이건 시간이 지나면 그 연금술사가 나타나 전부 다 풀어 버릴 테니 그다지 중요치 않았다.

"이 브뤼레를 이용해서 포션을 만들면 어떻게 될 것 같나."

에단이 이번엔 다른 학생에게 물었다.

"솔직히 말씀드리자면 엉망인 포션이 나올 것 같습니다. 포션은 시간을 들여서 만들어야 하니까요."

"그래, 그렇게 생각할 수밖에 없겠지."

에단이 고개를 저었다.

"하지만 틀렸다."

그리곤 곧바로 손을 들었다.

"내가 지금부터 보여 줄 테니. 잘 보도록."

한 손으로는 브뤼레의 마법진을 활용한 포션을 만들기 시작했고, 또 다른 한 손으로는 브뤼레 마법 없이 포션을 만들었다.

 능숙한 손놀림으로 포션 두 개를 만드는 에단의 모습에 학생들이 숨도 제대로 쉬지 못하고 집중했다.

 순식간에 브륄레 힐링 포션이 만들어졌다.

 허류탕약술을 쓰지 않고 만든 포션이기 때문에 온전히 브륄레의 힘만 섞여 들어간 상태였다.

 그리고 나머지 한쪽은 아직 만들어지고 있었다.

 그리고 얼마 지나지 않아 브륄레를 사용하지 않은 포션이 만들어졌다.

 만들어진 두 개의 포션의 차이는 딱 브륄레를 사용했느냐 아니냐였다.

 "하나는 시간을 들여서 만든 것. 그리고 나머지 하나는 브륄레를 활용하여 빠르게 만든 것. 너희들이 알고 있는 이론대로라면 이 빠르게 만든 포션은 이 시간을 들여서 만든 포션보다 효과가 좋지 않아야겠지?"

 에단이 그란델에게 두 포션을 던졌다.

 "감정해 보도록."

 그란델이라면 여기서 제일 확실하게 감정 마법을 사용할 수 있을 터. 에단이 포션을 맡기자 그란델이 주변을 한차례 훑었다.

 다들 기대하는 눈치였다.

 에단의 주장은 지금까지 그들이 배워 온 포션 제조학의 내용을 정면으로 반박하는 말이었다.

지금껏 그 누구도 포션 제조를 빠르게 하라고 말하는 사람이 없었다.

당장 하센 리틀에게 배웠던 학생들도 포션은 느긋하게 만들어야 하며 만드는 과정에서 집중력이 떨어지면 안 된다고도 했었다.

그란델 토프가 눈을 감고 두 포션에 손을 올렸다.

그의 손이 빛나고 곧바로 감정 마법이 시전됐다.

"……!"

그란델이 다급하게 눈을 떴다.

"이거 두 개 다……."

모두가 그의 입을 주목했다.

"또, 똑같은데요."

3장

3장

 똑같았다.
 물론 그란델이 전문감정사는 아니었기에 세세한 감정까지는 하지 못했지만 적어도 감정 마법이 감정한 두 포션의 등급은 똑같았다.
 중급.
 빠르게 만든 포션도 중급이었고 시간을 들여 만든 포션도 중급이었다.
 그렇다면 답은 나와 있지 않는가.
 "빠른 쪽이 효율적이다."
 충격적인 결과였다.
 분명 두 눈으로 봤는데도 믿기지가 않을 정도.
 "다들 아카데미를 졸업하고 각자의 길에 맞는 직업을

택해 살아가게 될 거다. 그 과정에서 포션 제조는 숱하게 해 보겠지. 그때 내 수업을 들어서 빠르게 포션을 만들 수 있는 사람과 오래 걸리는 사람. 두 부류로 나눠질 거고 너희는 빠르게 질 좋은 포션을 만드는 마법사가 되는 거다."

꿀꺽.

누군가 침을 삼키는 소리가 들렸다.

너무 충격적이라 다들 말을 잊고 있었다.

"그란델."

"예. 선생님."

"훌륭한 감정이었다."

"……!"

칭찬을 받을 거라곤 생각 못했는지 그란델이 쑥스럽게 미소 지었다.

"저, 저놈 뭔데."

"선생님! 감정 마법은 저도 사용할 수 있습니다!"

학생들은 에단을 더 이상 신입교사라고 생각하지 않았다.

아니 검술과의 교사로도 생각하지 않았다.

그는 뛰어난 마법사, 아니 엄청난 마법사였다.

저런 지식을 가지고 있다면야 무조건적으로 에단의 눈에 들어야 했다.

확실히 마법학부의 학생들은 검술과의 학생들과 다른 분위기였다.

'학구적이군. 몹시. 포션 제조에도 관심을 보이지만 내가 보여 준 선, 브륄레에 관심이 많아 보여.'

그리고 에단이 어떤 식으로 마법진을 그렸는지 다시 복기하고 있는 듯한 학생들도 있었다.

'재밌어. 가르치는 맛이 달라서.'

특히 저 그란델은 수업에서 잘 써먹을 수 있는 학생이었다.

리액션이 좋으면서 빠릿빠릿하기까지.

'조교로 삼아도 되겠어.'

"오늘의 수업은 이 브륄레다. 브륄레를 이용해서 빠르게 포션을 만드는 법을 너희에게 알려 주도록 하마. 물론 나처럼 두 개의 선, 2등식을 사용해서 파이어 볼을 쓰는 건 당장은 힘들겠지만. 이 수업은 포션 제조학 수업이니."

에단이 말했다.

"브륄레로 빠르게 포션을 제조하는 것, 너희에게 이 1등식의 선 브륄레를 확실하게 가르쳐 주마."

* * *

검술과에서 벌어졌던 일이 그대로 마법학부 쪽에서도 벌어지고 있었다.

"그란델. 말해 봐."

"진짜 뭔데? 뭐길래 계속 이런 반응인거야?"

"지금 우리 거하게 놀려먹으려고 그러는 거지? 맞지?"

"포션 제조 실력으로는 다른 사람한테 지지 않을 거라고 했다면서. 오늘이 사실상 제대로 된 수업은 첫날이었지?"

"뭐 배웠냐?"

일전 그란델과 이야기를 나누었던 마법학부의 학생들이 기대하며 그란델에게 물었다.

물론 그들이 기대하는 건 에단의 수업이 엄청났다는 이야기가 아니었다.

저렇게 자신만만하게 이야기하는 교사 치고 제대로 된 교사가 없었으니 말이다.

"그렇게 거창하게 말을 해 놨으니 분명 엄청난 걸 가르쳐 줬겠지?"

"설마! 다른 교사들처럼 자기 밑천 드러내기 싫어서 대충 수업을 한 건 아닐 거 아냐."

"근데 뭐. 포션 제조에서 뭔가 가르쳐 준다고 해도 다 뻔한 거 아닌가? 좋은 재료를 오랜 시간 동안 만들면 어차피 괜찮은 게 나오잖아."

마법학부의 학생들이었기에 다들 포션 제조에 대해서는 지식과 경험이 꽤 있었다.

그렇기에 더더욱 잘 알았다. 포션 제조는 누가 가르쳐도 거기서 거기라는 걸.

대단한 걸 가르쳐 주겠다고 말해 봤자 좋은 재료를 써

라, 같은 뻔한 소리만 할 거라는 걸 말이다.

갑자기 그란델이 입을 열었다.

"너희들. 파이어 볼 어떻게 쓰냐?"

"뭔 소리야. 갑자기."

"어떻게 쓰냐고!"

그란델이 버럭 소리를 치자 상류층 학생들이 놀라며 그를 보았다.

이 새끼 왜 이래? 하는 표정들이었지만 이내 입을 열어 말해 주었다.

"4등식으로 쓰지."

"난 3등식으로 쓰는데."

"너도 3등식으로 쓰는 거 아니야? 그란델? 근데 왜 이건 갑자기 물어보는 건데?"

그란델이 혀를 찼다.

말해 봤자 또 믿기 힘든 일을 수업에서 겪고 왔다. 이놈들에게 말해 봤자 믿지 않을 게 뻔했다.

"우리 할아버지가 누구인지는 알지?"

"모를 리가 있나. 홍련이라고 하면 너희 할아버지가 제일 첫 번째로 이름이 나오잖아."

홍련의 대마법사.

그 이름처럼 그란델의 할아버지는 불꽃 마법의 마스터였고, 대마법사라 불리는 마법사들의 마법사였다.

그의 할아버지는 파이어 볼 정도는 무영창으로도 사용

할 수 있었다.
 마법진의 선 자체가 필요 없을 정도의 실력이니까.
 "그 이론에 대한 설명을 들을 때. 할아버지가 겹쳐 보이더라고. 그때도 그랬거든. 내 머리론 자세히 이해가 안 되는데 뭔가 엄청난 거라는 게 본능적으로 알게 되는. 너희들도 알지? 그런 거."
 그란델은 아까의 수업을 다시 상상하자 등에 소름이 돋았다.
 "도대체 뭘 들은 건데?"
 "브륄레."
 그란델은 에단의 수업에 들은 브륄레와 거기에 포션 제조를 섞은 이야기를 해 주었다.
 지금까지의 상식을 깨는 아예 새로운 포션 제조법이었다.
 이런 걸 아카데미에서 정말 배워도 되나 싶을 정도로 엄청난 내용이었다.
 "말도 안 돼."
 "그런 식으로 포션을 만든다고? 그렇게 만들면 포션이 개판으로 나올 텐데?"
 "아니, 그게 정말 가능한 거면 이거 마법학회에 발표를 해야 하는 거 아니야? 왜 여기서 그런 거를 가르치고 있냐고!"
 그란델의 설명대로라면 이건 단순히 이베카의 교사가

풀 만한 내용이 아니었다.

마법 학회에서 정식으로 발표를 한다면 에단의 이론으로 인정받을 수 있을 만한 대단한 이론이었다.

물론 이들은 몰랐다.

에단이 그걸 정식으로 발표할 수 없다는 걸.

"근데 그게 선생님이 말한 그대로 되더라고. 시간을 들인 거랑 브륄레 마법을 이용해서 빠르게 만든 거랑 차이가 없었어. 내가 감정 마법으로 확인했으니까 확실해."

다들 멍해지고 말았다.

포션이란 무엇인가.

시간을 들여 만들어야 하는 것 아닌가. 빠르게 뚝딱 만들게 되면 그 효과가 제대로 나오지 않는 물건 아니었던가.

적어도 지금까지 배워 온 포션이란 그러했다.

"개인 가정교사한테 배울 때도 오래 시간을 들이라고 했었다고."

"나도 그랬는데. 그리고 그냥 듣기만 한 게 아니라 실제 시험해 보기도 했어."

학생들은 도저히 그란델의 말을 믿지 못했다.

순간 조용해진 가운데 거친 숨소리가 들렸다.

"후욱. 후욱."

이들이 현재 있는 연습실은 기사학부와 마법학부가 함께 사용하는 곳이었다.

연습을 위해 따로 만들어진 건물 한 채에 두 학부의 연습실이 붙어 있었다.

방금까지 훈련을 하고 왔는지 땀범벅이 된 학생 하나가 이쪽을 보고 있었다.

"메이슨 옐로우드."

"그란델 토프."

검술과의 유명인과 마법과의 유명인이 서로 눈을 마주쳤다.

둘 다 서로가 각 학과에서 어떻게 불리는지 잘 알고 있었다.

메이슨이 이곳을 지나간 건 우연이 아니었다. 목소리를 작게 한다고 했건만 메이슨의 귀에 들리게 된 것이다.

에단 휘커스 선생에 대한 이야기가.

그란델 또한 메이슨을 보면서 그가 에단 선생님의 수업을 듣고 있다는 걸 기억해 냈다.

서로 눈을 마주치고 한 차례 고개를 끄덕였다.

에단 선생님의 수업을 듣는 두 망나니는 아카데미에 들어와 느껴 본 적 없었던 감정을 공유하고 있었다.

"둘이 친했나?"

"아니."

그란델이 고개를 저었다.

"그냥 뭐. 그런 거야. 그냥."

"충격적인 수업을 들어서 그런지 퇴화된 거 같다, 그란델. 혹시 이거 추가로 들어가서 들을 순 없냐? 이건 지금 안 들으면 손해 같은데."

"절대 안 열어 주실걸, 에단 선생님. 엄청 무섭거든. 말 한번 잘못하면 수업에서 잘릴 수도 있을 것 같아."

이베카 아카데미에서는 웬만해서는 교사가 학생을 수업에서 자르지 않는다.

학생들도 적당히 수준이 있는 만큼 깽판을 치지 않는 이상 잘리지 않는다.

그런데 왠지 에단의 수업에서는 조금만 실수를 하면 잘릴 것 같다는 느낌이 들었다.

"완전 살얼음판이야."

그렇게 말하곤 그란델이 주섬주섬 자리에서 일어섰다.

"어디 가냐! 오늘 저녁에 크랑 그뤼티르 와인 먹기로 했잖아."

"니들끼리 먹어라. 난 연습하러 가 봐야 돼. 우린 참관 수업 없으니까. 다음 주엔 휴강이거든. 그러면 다음 수업이 시험이야."

곧바로 중간고사 기간이었으니, 쉴 시간 따위 없었다.

그란델의 머릿속에는 지금 브륄레밖에 없었다.

이 브륄레를 확실히 마스터해서 포션 제조에 써먹지 못하면 다음 수업에 최고 성적을 받을 수가 없다.

"중간고사 망치면. 브륄레를 더 활용하는 방법에 대해서 배울 수가 없어. 성적이 좋은 사람한테만 알려 준다고 했거든."

다급하게 뛰어가는 그란델의 뒷모습을 모두가 멍하니 지켜봤다.

뭔가 바뀌고 있었다.

신입교사 에단 휘커스에 의해서.

* * *

그날 밤.

에단은 다시 어둠을 틈타 움직이고 있었다.

'아카데미에선 업적 작을 했던 기억이 굉장히 많아.'

특히 가장 많이 했던 것이 노가다 업적 작이었다.

아카데미의 뒷산.

'대부분의 아카데미가 그렇듯이 거대한 산 하나는 끼고 있거든.'

이베카의 교가가 기억이 났다.

'기억이 나는군. 그랜드혼의 정기를 받아 성장하는 우리 어쩌고였었지?'

대개의 학교들이 그렇듯이 이베카 또한 뒷산인 그랜드혼의 정기를 받는 학교였다.

'여기도 산과 강이 많으니까 말이야.'

에단이 웃으며 그랜드혼으로 들어섰다.

이 그랜드혼은 론드 후작령 안에 있었지만 그 크기가

엄청나게 컸기에 후작령 바깥으로도 쭉쭉 뻗어져 있는 산이었다.

한때 후작이 이베카 아카데미의 위협을 완전히 없애기 위해 이 그랜드혼 안의 몬스터들을 토벌하려고 들었으나 역으로 죽을 뻔했다고 들었다.

그만큼 그랜드혼의 몬스터들은 강력했다.

'그리고 자신의 지역을 잘 벗어나지 않아.'

그랜드혼의 몬스터들이 가진 특징이었다.

지역을 지키는 몬스터들이었기 때문에 놈들은 산 밑으로 잘 내려오지 않았다.

'그러니 토벌이 실패했어도 계속 도전하지 않은 거지.'

하지만 그래도 최소한의 장치는 해 놓은 상태였다.

[위험! 이 앞 황금 늑대의 영역]
[위험! 이 앞 산왕 백호의 영역]

바로 표지판이었다.

한때는 아티팩트를 설치했다고 하는데 산의 몬스터들이 그걸 가만히 놔둘 리가 없다.

때문에 어쩔 수 없이 이런 표지판을 설치하는 수밖에 없었다.

표지판이 이렇게 크게 만들어져 있으니 들어가는 사람의 잘못이라는 뜻이다.

"참 아이러니한 일이긴 해. 이 강력한 몬스터들이 가장 안전해야 할 이베카 아카데미의 뒷산에 있다니."

물론 평범한 뒷산이 아니긴 했지만 말이다.

에단은 표지판이 가리키는 곳이 아닌 다른 쪽 방향으로 길을 틀었다.

애초에 저 강력한 몬스터들을 잡으러 온 게 아니었다.

'저런 네임드 몬스터 업적 작은 지금 내가 할 수가 없지.'

황금 늑대와 산왕 백호. 이 둘이 그랜드혼의 주인 자리를 두고 싸우고 있다.

이베카 아카데미가 몰락하고 달의 추종자 놈들이 이 그랜드혼에 들어오려고 하던 때에도 이 두 짐승들은 싸우고 있었다.

'물론 달의 추종자 놈들이 싹 다 죽여 버렸지만.'

그전까지 그랜드혼은 꽤 오랫동안 몬스터들이 지배하는 곳이었다.

'그 이후는 모르겠군.'

에단이 크게 호흡하자, 영웅의 호흡이 온몸에 활력을 불어 넣었다.

오늘 에단은 그랜드혼의 먹이 사슬에서 중간보다 살짝 위에 위치한 몬스터를 사냥하러 왔다.

"75번의 대련을 해야 하니까."

학생들에겐 여유롭게 이야기했지만 쉬운 일이 아니었다.

직업의 성장 그리고 스탯석을 이용해서 체력을 크게 강화시켰지만 그렇다고 해서 20번의 대련이 쉬울 리가 없다.
　"본래 한계가 있는 체력 스탯을 스탯석으로 뚫어 놨으니 체력을 더 올릴 수 있어."
　이곳을 찾은 이유가 바로 그것이었다.

　　　　　＊　＊　＊

　그랜드혼.
　에단은 감각을 최대한 끌어 올린 채 안쪽으로 들어갔다.
　"후우욱."
　영웅의 호흡을 사용하자 감각이 예민해졌다.
　'눈이 어둠에 익숙해졌지만 눈으로만 보는 건 한계가 있어. 영웅의 호흡으로 감각을 일깨워 둬야 한다. 언제든지 위협을 느낄 수 있게.'
　그리고 그 위협이 다가오면 곧바로 움직일 수 있게 몸을 긴장시켜두어야 했다.
　이 그랜드혼의 몬스터들은 하나같이 위협적이라 조금이라도 방심하고 있으면 그대로 죽을 수도 있었다.
　'그러니 여기가 성장하기에 제격이야. 강제로 집중하게 만들어 주거든. 집중이 조금이라도 풀리면 그걸로 죽는다.'

죽음에 직결되니 강제적으로 집중할 수밖에 없었다.
이러한 그랜드혼이라면 한계까지 체력 수치를 올릴 수 있다.
'학부모 참관 수업일까지 시간이 좀 남았어. 그날이 올 때까지 여기서 체력을 한계까지 끌어 올린다.'

-그랜드혼이 풍운에 등록되었습니다.

'이걸로 몰래몰래 올 필요도 없지. 풍운을 사용하면 바로 올 수 있어.'
또한 여기서 업적을 올리는 작업도 함께 할 생각이었다.
'동시에 업적 작업도 한다. 좋아요도 모을 수 있는 기회야.'
그때, 어디선가 울음소리가 들려오기 시작했다.
아-오-오-오.
늑대의 울음소리였다.
이 그랜드혼에는 다양한 늑대가 산다.
황금 늑대가 가장 강하고 그 밑엔 푸른 늑대가 있었다.
그 이름처럼 푸른색 갈기를 가지고 있는 이 늑대는 수십 마리가 무리를 지어 사냥을 한다.
'멀지 않은 곳에 있는 것 같군.'
에단의 주위로 한 무리의 기척이 느껴졌다.
"캬르르륵."
"캬륵."

울프 피어와 함께 순식간에 에단을 포위한 수십 마리의 늑대가 어둠 속에서 눈을 반짝였다.

몸은 보이지 않고 오로지 새빨간 눈만 보였으니. 그 공포감은 배가 될 수밖에 없다.

[lv 55]

일전에 사냥했던 몬스터보다 레벨은 낮아도 사냥 실력 자체는 이쪽이 더 우위였다.

늑대들은 가만히 몸을 멈춘 에단을 보며 크르륵, 거리는 울음소리를 내뱉었다. 이 몬스터들 또한 피어가 있었다.

피어를 들은 사냥감은 몸이 굳게 된다.

"크르륵!"

상태를 파악한 늑대들이 우르르 달려들었다.

수십 마리의 늑대는 한 몸처럼 움직였다. 이미 수없이 사냥을 해 왔기에 어떤 방식으로 사냥감을 공격해야 하는지 본능적으로 학습한 것이다.

순간 에단이 움직였다.

피어에 당했을 거라고 생각한 늑대들이 앞발을 이용해서 방향을 그대로 전환해 마치 살아 있는 소용돌이처럼 오른쪽으로 움직이더니 그대로 한 바퀴를 돌아 에단의 뒤를 노렸다.

샤아악-.

서리검 - 레아가 새파란 한기와 함께 검집에서 나왔다.

에단은 호루스의 눈을 적극적으로 이용했다.

현재 에단이 동시에 눈으로 쫓을 수 있는 대상은 총 열다섯. 그 이상의 움직임은 호루스의 눈으로도 쫓을 수가 없다.

'볼 수 있는 늑대만 본다!'

맨 앞에 있던 늑대의 움직임이 보였다.

어딜 공격할지, 그리고 그 선봉 늑대가 공격하고 나서 후속으로 들어올 늑대들이 어떤 방식으로 자신을 물어뜯을지 전부 다 보였다.

움직임을 파악하니 피할 길이 보였다.

에단은 그 자리에서 오른쪽으로 무게 중심을 이동한 뒤 빙글 돌며 덮쳐오는 늑대의 아가리에 서리검을 꽂아 넣었다.

"서리검."

서리 베기의 변형으로 그 위력이 일점에 모여 찌르기가 되었다.

그 위력에 에단은 자신도 모르게 눈을 크게 떴다.

'서로 시너지를 발휘하는 건가?'

호루스의 눈은 엄청났다. 몬스터들의 약점이 보이는 몬스터들의 재앙 또한 호루스의 눈에 영향을 받았다.

본래라면 아주 작고 흐리게 보여야 할 빨간 점이 작지

만 선명하게 보였다.

샤아아악-!

순간적으로 선봉 늑대가 얼어 버리자 뒤에서 다가오던 늑대들이 그 방향을 강제로 바꾸어 에단을 덮쳤다.

'틈!'

그 바뀐 방향이 틈이었다. 아주 자그마한 틈이었지만 호루스의 눈을 가진 에단에게는 뻥 뚫린 구멍처럼 느껴졌다.

콱-! 콰득-!

에단이 연이어 검을 휘둘렀다.

종이 한 장 차이로 늑대들이 이빨을 에단에게 꽂아 넣지 못하고 쓰러졌다.

크르륵!

다섯 마리의 늑대가 쓰러지자 나머지 늑대들이 크게 뒤로 물러나 재정비했다. 그러곤 에단이 생각보다 강하다는 걸 인정한 듯 아까와는 다른 형태로 포위진을 형성했다.

'눈이 굉장히 아프군.'

눈이 지끈지끈 아파 와서 눈에 휴식을 주고 싶었다. 그러나 그 순간 늑대들의 공격이 들어올 것이기에 그럴 수가 없었다.

'역시 실전은 다르다.'

수업에서 호루스의 눈을 사용해 학생들의 움직임을 봤

을 땐 이렇게 아프지 않았다.

 피로감은 있어도 이렇게까지 통증은 없었다.

 '상대의 움직임에 따라서 눈에 가해지는 부담이 달라지는 건가?'

 호루스의 눈은 말 그대로 모든 움직임을 파악하는 굿즈였다.

 그게 어떤 움직임이든 상관없다. 눈으로 보고 파악하고 꿰뚫는다.

 대신 그 수준이 올라가면 올라갈수록 피로감이 더해지는 것이다.

 바로 지금처럼.

 '그 움직임의 수준과 내 수준에 따라 통증의 정도가 달라지는 거겠군. 그래도 충분히 좋은 능력이야.'

 수준이 높아지면 눈이 따라가지 못하는 경우가 생긴다.

 하지만 이 호루스의 눈은 고통과 맞바꾸어 현재 에단의 수준으로는 볼 수 없는 것도 보게 해 준다는 뜻이었다.

 "자연의 축복."

 에단은 우선 몸을 보호할 수 있는 고대 마법, 자연의 축복을 사용했다.

 "크륵-!"

 늑대 세 마리가 이번엔 조를 이루어서 에단을 공격했다. 두 마리가 하체, 그리고 한 마리는 뒤로 살짝 물러서서 빈틈을 살폈다.

'앞선 두 마리가 미끼.'

그리고 진짜는 뒤에 있는 놈.

이렇게 조를 이루고 있는 놈들이 에단의 주위를 넓게 포위했다. 그러곤 틈을 주지 않고 이번에도 맹렬하게 달려왔다.

에단의 눈동자가 거칠게 움직였다.

호루스의 눈이 늑대의 움직임을 자동으로 파악했다.

쓱-.

에단이 뒤로 물러남과 동시에 강하게 땅을 밟으며 서리검을 땅에 박아 넣었다.

순간적으로 휘두를 거라 생각한 늑대가 어리둥절해했지만 금세 아가리를 쩍 벌리고 에단을 공격해 왔다.

샤아아악-.

땅을 중심으로 한기가 퍼져 나가며 주변이 서리로 가득해졌다. 대지에 발을 딛고 있던 늑대들이 순간적으로 얼어 버릴 정도.

'적극 활용한다!'

에단은 이 서리의 힘을 적극적으로 사용했다.

기본적으로 서리검이 가진 힘과 스킬이 가진 힘이 강력했기 때문이었다.

'검술도 검술이지만.'

아직 에단의 몸은 강한 충격을 버텨 낼 수 있는 상태가 아니었다.

만약 제대로 된 공격 한 번. 예를 들면 지금 옆에서 발톱을 휘둘러 오는 푸른 늑대의 공격을 한 번이라도 맞는다면 그걸로 치명상을 입을 수도 있었다.

"캐앵!"

그걸 잘 알았기에 에단은 눈이 터질 듯 고통스러워도 호루스의 눈을 쓰는 걸 멈추지 않았다.

"후욱- 후욱-."

쉽지 않다. 그리고 그렇기에 이 그랜드혼의 몬스터와 싸우러 온 것이다.

에단은 계속해서 검을 휘둘렀다.

카앙-!

"젠장할!"

하지만 수십 마리의 늑대들은 앞선 에단의 공격 패턴을 확인하고 있었다. 순간적으로 그 속도를 높여 에단의 사각지대를 발견했다.

콰득-!

백 번이 넘는 늑대들의 파상공세를 피해 냈지만 결국 공격을 허용하고 말았다. 하지만 에단은 이런 일이 벌어질 거라고 이미 예상하고 있었다.

-달빛 방어!
-공격이 무효화됩니다!

'이런 사태를 대비해서 얻은 거다.'

늑대의 공격을 무효화시킨 에단이 빠르게 손을 물었던 늑대에게 검을 휘둘렀다.

"캐앵!"

늑대가 그대로 신음과 함께 고꾸라졌다.

"후우우."

-영웅의 호흡 숙련도가 상승합니다!

전투가 계속되니 고양감이 차올랐다.

에단은 천천히 영웅의 호흡을 사용하며 다시금 차분함을 되찾았다.

'저 공격. 달빛 방어로 한 번 막았지만 이어서 추가로 들어오는 공격을 만약 막지 못한다면?'

"와라."

에단은 늑대들에게 의도적으로 허점을 내보였다.

늑대는 그 허점을 놓치지 않았다. 의도적으로 보여 준 것임에도 불구하고 에단이 순간 당황할 정도로 늑대의 공격은 매서웠다.

콰드득-!

이번엔 제대로 공격이 들어왔다.

"역시."

현재 에단은 자연의 축복까지 두른 상태였으나 체력이

큰 폭으로 깎이고 말았다.

"휘커스 검술."

에단은 다시금 늑대를 떼어 내고 연이어 달려오는 늑대들을 찔러 쓰러트렸다.

하지만 쓴웃음이 나오는 것은 어쩔 수 없었다.

'새삼 느껴지는구나. 절멸증이란 게 얼마나 심각한지 말이야.'

하지만 절멸증 탓만 할 수는 없는 일이다.

위험을 피하기 위해서 위험으로 들어가는 것. 모순적이었지만 지금 꼭 필요한 것이었다.

"집중."

서-걱!

달려드는 늑대들 사이로 에단이 도리어 뛰어들었다.

지금까지 자신들의 공격을 기다리며 카운터를 치던 에단이 그들 사이로 들어가자 늑대들이 순간 당황했다.

"두 번은 없어."

한 번 공격을 맞은 에단은 더욱더 집중했다. 그렇게 온 힘을 다해 검을 휘둘러 푸른 늑대들을 사냥했다.

"캥!"

에단의 눈에서 피가 주르륵 흘러내렸고, 그는 그것을 소매로 거칠게 닦아 냈다.

온몸이 땀으로 범벅이었지만 심장은 고요했다.

"실전이 확실히 중요해."

마지막 늑대까지 그대로 찔러 사냥한 에단의 앞에 알림창이 떴다.

-업적을 달성하셨습니다!
-[늑대사냥꾼] 업적 달성에 따라 좋아요를 획득했습니다.
-좋아요를 '2'만큼 얻었습니다!

업적 [늑대사냥꾼]은 늑대를 30마리 이상 잡았을 때 달성할 수 있는 업적이었다.
그 수가 늘어날수록 업적도 달라졌다.
'마무리가 늑대 학살자였던가. 보상도 괜찮았지.'
에단은 그 자리에 그대로 주저앉아 가지고 왔던 탕약을 그대로 꿀꺽꿀꺽 마셨다.
"후우."
그러곤 곧바로 일어서서 늑대들의 부산물을 그대로 손질해서 챙겼다.
"이런 건 놓칠 수 없지."
체력과 좋아요. 오늘 밤엔 원했던 두 가지를 확실하게 얻었다.
"보완할 게 아직도 많아. 호루스의 눈으로 보는 건 다 보이는데. 사각지대까지 커버할 순 없다고."
사각지대로 찔러 들어오는 공격은 보이질 않으니 꿰뚫

어 보는 것 자체가 불가능하다.

"달빛 방어로 막았지만. 결국 한계가 있어."

푹. 푹. 푹.

허류침술을 사용해 몸의 회복력을 최대한 높인 에단은 잠시 주변을 둘러보다가 안전해 보이는 나무 근처에 앉았다.

'보완해야 돼. 새로운 신을 하나 더 구독하는 게 좋겠어.'

"그나저나 호루스의 눈이 효자 노릇을 하네. 몬스터들의 재앙에도 영향을 끼칠 줄이야."

늑대들의 약점은 정말로 잘 보이지가 않았다. 만약 호루스의 눈이 없었으면 흐릿하게 보이는 약점 때문에 조금 더 곤란했을 것이다.

에단은 이 호루스의 눈처럼 지금 가진 능력을 보완할 수 있는 신을 구독하면 좋겠다는 생각을 하며 신세계를 켰다.

띠링-!

-조건이 충족되었습니다.
-넷 이상의 신 구독, 그리고 일정 기간 동안 [신세계]를 이용하셨습니다.
-[신세계 구독자 커뮤니티]가 열렸습니다!

"어?"

에단은 새롭게 뜬 알림창을 자세히 읽었다.
"구독자 커뮤니티라고?"

* * *

-구독자 커뮤니티에 입장하셨습니다.
-이곳에서는 구독한 신에 대한 이야기를 나누실 수 있습니다.
-커뮤니티 게시판은 총 3개입니다.

"진짜 커뮤니티네."

[자유 게시판] [질문 게시판] [관리자 소통 게시판]

게시판은 총 세 개로 구성되어 있었다.
"자유 게시판이나 질문 게시판은 알겠는데, 관리자 소통게시판은 뭐지?"
에단은 관리자 소통게시판을 눌러 보았다.

-[신세계]의 관리자와 소통할 수 있는 게시판입니다.
-구독한 신이 약관에 위배된 행위를 하고 있을 경우 관리자에게 건의를 넣을 수 있습니다.

'지금까진 다 괜찮은 신만 골라오긴 했지. 하지만 생각해 보면 헤라클레스는 그리 좋은 신은 아니었지.'

구독으로 인해 얻을 수 있는 능력은 대단했지만 영상을 이해하는 게 상당히 어려웠다.

'영상을 이해하지 못하면 얻은 능력을 제대로 써먹기 어려우니까.'

에단 또한 그 영상을 해석한 뒤에야 제대로 영웅의 호흡을 사용할 수 있었고 그 위력을 극대화할 수 있었다.

'약간 AS 같은 느낌인 거군.'

관리자 소통 게시판은 구독한 신이 잘못됐을 경우에 말 그대로 건의할 수 있는 애프터서비스 게시판인 듯했다.

에단은 이어 자유 게시판을 눌러 보았다.

'여러모로 궁금해지네. 이 신세계 구독자들은 무슨 이야기를 나누고 있을지.'

챠르르륵-.

펼쳐지는 수많은 게시글들.

에단은 하나씩 눌러 훑어보았다.

-좋아요 빨리 얻는 방법 같은 거 있습니까? 질문 게시판은 좋아요가 없어서 못씁니다.

-검성 되는 가장 빠른 꿀팁 있나요?

-오늘 토르 구독했는데 이분 원래 짭 묠니르 팝니까?

-대마법사 멀린님 포션학개론 들었는데 멀린님 원래

이렇게 말이 많으신가요? 너무 많아서 추가 골드 내고 건너뛰기 기능 결국 구매했습니다.

"아니, 진짜 커뮤니티같네."
저도 모르게 웃음이 나왔다.
잡담을 나누는 사람. 구독한 신에 대해서 이야기하는 사람 등 정말 많은 구독자들이 이야기를 나누고 있었다.
'진짜 사람인지는 모르겠다만.'
에단은 게시글 하나를 눌러 달린 댓글들을 보았다.

-짬 묠니르 맞습니다. 절대 사지 마세요. 그분 요즘 상태가 별로입니다.
-차라리 같은 번개 계열이면 인드라님 구독하는 게 나을 수도 있습니다.

'친절하군.'
글들을 살펴보니 나쁜 사람은 별로 없어 보였다.
생각해 보면 구독 후기에도 불평은 있을지언정 강도 높은 비난이나 인신공격은 없었다.
심성이 좋지 않은 사람은 이 신세계를 이용하지 못하는 것 아닌가 싶을 정도.
게시글을 보고 있던 에단은 순간 궁금해졌다.
에단은 호루스의 구독 건으로 인해 자신의 영향력이 생

각보다 더 크다는 걸 알았다.
 그랬기에 은근슬쩍 자신의 닉네임을 검색해 보았다.
 그러자 꽤 많은 글들이 나왔다.

 －[신성왕] : 혹시 [제대로 된 신만 구독함] 이 분 아시는 분?
 －[큰 나무 수호자] : [제대로 된 신만 구독함] 그 구독자 구독 후기를 정말 잘 쓰는 것 같더라고요.
 －[3423번 부활함] : 저도 보고 영업당했어요. 근데 메이저한 신은 거의 구독을 안하는 것 같습니다.
 －[큰 나무 수호자] : 유명하지 않은 신과 동양의 신 위주로 구독하는 걸 보니 확실히 뭔가 독특한 맛이 있습니다. 듣자 하니 신들이 다 지금 [제대로 된 신만 구독함] 구독자한테 매달리고 있다는데.
 －[전지적 구독자 시점] : 마이너 신이었던 그 동양의 만물의사가 순식간에 떡상을 했으니. 다른 마이너 신들이나 어중간한 신들은 매달릴 수 밖에 없을 듯 하네요.
 －[큰 나무 수호자] : 이 정도면 게임체인저라고 불러도 되겠습니다.
 －[3423번 부활함] : 그래도 아직은 좀. 갑자기 나타나기도 했고 아직 커뮤니티에 안보이는 걸 보니까 신입 구독자인거 같은데요. 그건 좀 시기상조 아닐까요.

"재미난 이야기들을 나누는군."

보아하니 여기에 있는 구독자들은 꽤 오랫동안 [신세계]를 사용하고 있는 듯했다.

'신세계 자체가 신들의 싸움이다 보니 스케일이 커서 그런가?'

꽤 오랫동안 신세계가 지속되고 있는 듯 보였다.

─[샌드데이] : 크…… 헤라클레스 구독 후기 진짜 개쩜. 덕분에 헤라클레스님 떡상해서 엄청 좋아하던데. 게다가 진짜 대단한 게 이런 걸 만들려면 다 이해하고 있어야 할 텐데. 이 정도면 숙련도 다 100퍼센트 정도는 됐을 듯.

에단에 대한 게시글들은 대부분 호평이었다.

다들 에단의 구독 후기 덕분에 좋은 신을 만났다며 좋아했고 마치 해설처럼 헤라클레스의 영상을 해석해 주는 에단에게 큰 고마움을 표했다.

에단은 자유 게시판에서 뿌듯함을 느꼈다.

"별것도 아닌데 기분이 좋구만."

그러곤 질문 게시판을 보았다.

그 이름처럼 질문 게시판은 이곳의 구독자들에게 질문을 할 수 있는 곳이었다.

"확실히 모르는 게 있으면 물어보는 게 좋지. 다들 이

[신세계]에서 다양한 능력들을 얻었을 테고 활용했을 테니까."

질문 게시판에는 능력을 활용하는 방법이나 혹은 숙련도 올리는 방법에 대한 질문들이 꽤 있었다.

-[세계수는 그냥 큰 나무다] : 로빈훗님 구독했는데요. 바람궁술은 어떻게 하면 잘 쓸 수 있나요? 알고 지내는 엘프한테 져서 100만 골드 뺏겼습니다.
-[남궁세가 막내아들] : 지크프리트님 검술인 사우전드 라이트닝 검술 8식을 진행할 때 폭발은 어떻게 일으키나요?

정말 다양한 질문이 있었는데 그중 에단의 눈길을 끄는 질문이 있었다.

-허준님을 구독했는데요. 침술 사용할 때 정확히 꽂는 게 어려운데 어떻게 하면 될까요?

"오. 허준님을 구독한 구독자가 있잖아."

에단이 구독 후기를 써 준 덕분에 허준의 구독자는 꽤 많이 늘어났다.

게시글 순서를 생각하면 자신의 구독 후기를 보고 최근에 허준을 구독한 사람일 가능성이 높았다.

"그럼 기쁜 마음으로 알려 줘야지."

-질문 게시판에 글을 쓰려면 좋아요가 '1'개 필요합니다.
-질문자가 답변을 채택해 줄 경우 내공을 얻을 수 있습니다.

"질문 한 번에 좋아요 1개. 답변이 채택되면 내공이라."

-내공은 내공상점에서 사용할 수 있습니다!

"좋은 선순환이군."
그냥 답변을 다는 게 아니라 보상을 준다. 그러면 답변을 다는 일이 즐거워질 수밖에.
에단은 곧바로 허준의 질문을 한 구독자에게 답변을 달았다.
현재 에단의 허류침술 숙련도는 꽤 높은 상태.
오행침법까지 사용할 수 있는 상태였기 때문에 침술에 대한 꿀팁까지 남겨 주었다.

-답변이 채택되었습니다!

"오. 바로 확인한 건가?"

-내공이 쌓였습니다.
-현재 내공 [1]

"재밌는데. 이거."

 구독후기를 달았을 때와 마찬가지였다. 기본적으로 에단의 설명은 알아듣기가 쉽다.

 그렇게 에단은 자신이 현재 구독한 신을 중심으로 질문 게시판에서 답글을 달았다.

 그렇게 야금야금 모인 내공이 5개였다.

 답변은 더 많이 달았지만 채택이 된 건 다섯 개였다.

 "이 내공들을 좋아요로 전환도 할 수 있다니. 이거 이러면 내가 답변을 달 수 있을 만한 질문 글들을 무시할 수가 없겠는데."

 좋아요를 얻기 위해 업적을 달성하려고 이런저런 고민을 많이 하고 있었는데, 새로운 방법을 알게 된 것만 해도 꽤나 고무적이었다.

 에단은 우선 내공 상점을 열어 보았다.

-내공 상점에 오신 걸 환영합니다.
-내 현재 내공 : 5
[좋아요 1개 : 내공 4개]
[질문 게시판 작성권 : 내공 4개]
 ……

......

[알고리즘 강화권 : 내공 200개]

'조금 아쉽네. 혹시나 저주를 푸는 데 도움이 될 만한 게 있을까 싶었는데.'

하지만 이내 아쉬움을 털어냈다.

'허준도 치료하지 못했던 병이야. 적어도 이 [신세계] 내에서 내 저주를 풀만한 굿즈나 능력은 없다고 봐야겠지.'

절멸증 자체가 메판 내에선 딱 한 사람만 고칠 수 있는 병이었다. 결국엔 정공법밖에 없다.

'방법은 정공법이어도. 그 목표까지 이르는 건 굳이 정공법일 필요가 없지.'

이 [신세계]에서 수많은 신들을 구독하여 그 능력을 얻으면 결국 절멸증을 고칠 수 있는 방향으로 갈 수 있게 되니 방법이 없다고 실망할 것도 없었다.

그리고 이내 그의 눈에 띈 물건.

"그나저나 이 알고리즘 강화권은 뭔데 내공이 200개지?"

질문 답변 하나에 내공 1개. 그렇다면 질문에 답변을 200개 달고 전부 다 채택을 받아야 얻을 수 있는 물건이라는 소리다.

에단도 이번에 전부 다 답변이 채택된 게 아니었다.

여러 신세계 이용자들이 내공을 얻어 좋아요로 바꾸기 위해 질문 게시판을 주시하고 있는지 질문이 올라오는 족족 답변이 달렸다.

에단이 보기에도 꽤 훌륭한 답이 많기도 했다.

그런 경쟁자들을 이겨 내며 200번의 채택을 받아야 했다.

그만큼 200개의 내공을 모은다는 건 쉬운 일이 아니었다.

"알고리즘 강화가 된다는 거 같은데. 원래도 성능이 좋은 알고리즘이 더 좋아지는 건가."

[신세계]의 알고리즘은 꽤 성능이 좋았다.

처음 사용할 때부터 에단에게 허준을 추천해 줄 정도였으니 [신세계]를 구독이 필요한 구독자에 따라 필요한 신을 꽤 잘 추천해 주는 편이라고 볼 수 있었다.

'하지만 이 알고리즘도 만능은 아닐 거야. 신이 너무 많으니까.'

아마 이 알고리즘 강화는 그 완벽하지 않은 알고리즘의 성능을 더 강화시키는 용도인 듯했다.

'더 적합한 신을 찾아준다는 거군. 뭔가를 갈아 넣어서.'

그렇게 생각하니 내공이 200개가 그리 많다고 느껴지지 않았다. 오히려 당연해 보였다.

'어중간한 신 여럿을 구독하느니 나한테 딱 맞는 신을

구독하는 게 제일 낫거든. 그걸 강화된 알고리즘이 추천해 준다면 믿을 수 있지.'

뭐 어차피 지금 당장은 필요가 없는 기능이었다.

에단은 그렇게 우선 모은 내공들로 좋아요를 구매했다.

-내공 4개로 좋아요 1개를 구매했습니다.
-남은 내공은 [1]입니다.

현재 에단이 모은 좋아요는 구매한 것까지 합해서 16개였다.

"우선 구독한 신들이 새로운 영상을 올렸나 확인해 봐야겠어."

허준이나 헤라클레스는 새로운 영상이 올라오면 즉시 영상을 봐도 될 정도로 훌륭한 신들이었다.

"새로운 건 없군."

지금 에단에게 필요한 건 방어 능력이었다.

'육체를 강화하는 건 영웅의 호흡으로 충분해.'

어차피 육체를 단련해도 절멸증 때문에 밑 빠진 독에 물붓기가 될 뿐이다.

그렇다면 달빛 방어와 같이 반드시 공격을 막아주는 힘이 필요했다.

-[방어] 키워드를 입력하였습니다.

-알고리즘이 당신에게 걸맞은 신을 찾고 있습니다…….
-검색이 완료되었습니다.
[서초의 패왕] [난이도 : 극상]

"서초의 패왕?"
에단이 살짝 당황스러운 표정으로 추천된 신을 보았다.
서초의 패왕. 그리고 난이도.
지금까지 구독한 신들의 난이도는 그리 높지 않았다. 맨 처음 배웠던 허준의 침술 난이도가 상으로 제일 높았고 나머지는 다 중이었다.
그런데 극상이라니.
"서초의 패왕이라……."
바로 떠오르는 인물이 있었다.
저 먼 고대의 영웅이자, 인간을 초월한 괴력으로 유명한 자.
"항우."
그러나 의아한 점이 있었다.
자신이 아는 항우라면 방어가 아니라 공격에 특화된 신이어야 할 텐데.
에단은 일단 항우를 눌러 보았다.
알고리즘이 추천해 준 이유가 분명 있을 터.
항우 또한 메이저한 신 중 하나였지만 동양에 한정된 신이었으므로 구독자 수와 좋아요 수가 메이저 신치고는 많지 않았다.

 말하자면 마이너 중에는 가장 메이저 였고 메이저 중에는 가장 마이너라고 할까.

 "아."

 에단은 이내 헛웃음을 지을 수밖에 없었다.

 항우가 올린 영상의 썸네일에 아주 큰 글씨로 이렇게 적혀 있었기 때문이다.

 -공격은 최선의 방어!

 "이런."

4장

# 4장

　-[전쟁 중독자] : 항우님 구독하고 나서 인생이 바뀌었습니다.
　-[너희들은 하지 마라] : 공격은 최선의 방어라는 말만 믿고 구독했습니다. 의무방어전이 의무공격전이 될 거라 생각했는데 아니었습니다.
　-[체력이 국력] : 헤라클레스님과 고민하다가 항우님을 선택했습니다. 순간적으로 뿜어내는 힘으로 뭐든지 박살을 낼 수 있었습니다. 추천합니다.

　역시나 구독 후기 중에 확 끌리는 건 없었다.

　-공격 기술만 있을 줄 알았는데, 방어 기술이 있어서

놀랬습니다. 물론 그 영상은 보지 않았습니다.

"방어 기술이 있다고?"

―[항우]를 구독하시겠습니까?
―구독에 필요한 좋아요 개수는 '15개' 입니다.

호루스를 구독할 때 들었던 좋아요는 6개였었다.
무려 2.5배나 높은 요구치.
'꽤 큰데.'
생각보다 더 큰 단위였다.
지금 가지고 있는 좋아요를 거의 다 써야 항우를 구독할 수 있었다.
'좋아요를 아낄 필요는 없어. 앞으로도 얻을 수 있는 방법은 있으니까.'
그 수가 무한하지 않기에 신중하게 선택하는 게 필요할 뿐.
이내 에단은 마음을 정했다.
'나는 알고리즘의 선택을 믿는다.'
[방어]를 키워드로 검색하고 나온 신이다. 그렇다는 건 분명 현재 에단이 필요한 기술을 항우가 가지고 있다는 것이 틀림없었다.
"만약 없다고 해도 상관없어."

에단은 방금 구독자 커뮤니티를 탐방하면서 자신이 유명세를 타고 있다는 사실을 깨달았다.

자신의 구독 후기로 수많은 구독자들에게 영향을 끼칠 수 있을 정도로.

'내가 구독한 신을 따라서 구독하는 이들이 많아. 그걸 협상의 무기로 삼을 수 있지.'

항우에게 자신만을 위한 영상을 만들어 달라고 할 수도 있는 것이다.

"가 보자고."

에단은 곧바로 항우를 구독했다.

-항우를 구독하셨습니다!
-좋아요를 사용하셨습니다.

이내 항우의 영상들이 하나둘 개방되었다.

영상의 수는 총 여섯 개.

역시 이름난 신은 달랐다.

각각 영상들은 항우 하면 떠오르는 강력한 힘을 전수해 주는 영상들로 좋아요와 조회수가 높았다.

'항우를 구독할 땐 그 거력이 필요해서 구독하는 이가 많을 테니까.'

그를 대표하는 단어는 역발산기개세였다.

산을 뽑고 세상을 뒤덮을 만큼 엄청난 힘.

대부분이 그 힘을 얻기 위해 구독을 하는 듯 보였다.

'헤라클레스와 비교하다가 구독하는 사람들이 많으니까.'

에단은 항우의 영상을 살피던 도중 유독 조회수가 적고, 좋아요도 적은 영상을 발견했다.

"만인지적."

만인지적, 홀로 만 명을 상대하며 죽지 않는 방법.

그게 제목이었다.

"이거구만."

에단은 씩 웃었다.

어째서 알고리즘이 자신에게 항우를 추천해 줬는지 알 것 같은 내용의 제목이었다.

항우는 만 명을 상대할 수 있을 정도로 강력한 힘을 가진 신이었다.

그 말을 역으로 생각하자면 만 명과 싸우면서도 죽지 않을 정도로 뛰어난 방어 실력을 가졌다는 것이다.

'그냥 몸으로 때울 리가 없지.'

이 항우가 제공하는 여섯 개의 영상에서 첫 영상은 무료로 볼 수 있었다.

아마도 다들 저 역발산기개세라고 쓰여 있는 영상을 봤을 테지만 에단은 이 만인지적부터 볼 생각이었다.

'어차피 저 역발산기개세를 보고 능력을 얻어도 숙련도를 올리지 않으면 항우처럼 산을 뽑는 건 불가능해.'

그리고 그 숙련도를 올리는 조건도 꽤 까다로울 터.

그렇다면 지금 당장 에단에게는 우선순위가 아니었다.

'방어 능력부터 확실하게.'

에단은 곧장 만인지적의 영상을 눌렀다.

-나를 구독해 줘서 고맙군. 구독자여. 이 만인지적의 영상은 그 이름처럼 만 명과 싸우면서도 다치지 않았던 노하우를 알려 주는 영상이다.

붉은 머리칼.

새카만 눈동자와 우락부락한 근육.

헤라클레스와 비슷한 결의 신이었지만 확실히 느낌이 달랐다.

진중한 오라가 느껴지는 신으로 질끈 묶은 머리칼에서 그의 성격이 보였다.

-공격은 최선의 방어다. 하지만 그건 반대로 말하자면 방어가 최선의 공격이 될 수 있다는 소리지. 이 만인지적은 그러한 논리에 입각하여 내가 만든 최강의 기술이다.

항우의 옆에 수십 마리의 뿔 달린 소들이 나타났다. 근육이 바깥으로 보일 만큼 강력해 보이는 소들이 콧김을 내뿜으며 항우에게 달려들었다.

쿠르릉-! 쿠르릉-!

얼마나 각력이 대단한지 달릴 때마다 번개 치는 소리가 들리는 듯했다.

항우는 그런 소들을 지켜보았다.

―만인지적.

그러곤 소들의 돌격에 그대로 맞부딪혔다.

"오."

분명 소들에 의해 큰 충격을 받았어야 했지만 항우는 그 자리에서 멀쩡했다.

―만인지적으로 힘을 흡수한다. 그리고 그대로 내뱉는다.

항우의 손에 에너지가 모여 있었다. 방금 저 뿔소 수십 마리가 돌진하며 항우에게 줬던 대미지였다.

그 대미지를 그대로 흡수하여 항우가 주먹을 뻗었다.

콰앙―!

굉음과 함께 뿔소들이 그대로 날아갔다.

―숙련도가 높아질수록 맞는 공격을 그대로 담아 낼 수 있다! 상대의 힘을 이용해서 상대를 이기는 거지. 그야말로 상대가 강하면 강할수록 의미가 있는 힘이다.

"숙련도에 따라서 상대방의 공격을 그대로 흡수해서 내뿜을 수 있다는 거군."

곧바로 이해할 수 있었다.

'그냥 방어만 하는 게 아니라 방어와 동시에 공격을 할 수 있어.'

항우가 내걸어 놓은 캐치프레이즈와 너무나도 잘 어울리는 기술이었다.

"잘 선택했어."

에단이 씩 웃었다. 역시 알고리즘을 믿길 잘했다.
-그러나 너무 강한 힘은 흡수할 수 없다. 흡수를 하더라도 일부 정도겠지.
"그래도 방어는 된다는 거네. 어찌 됐던 간에."
그게 중요했다. 달빛 방어로 한 번 막고 시들지 않는 체력으로 회복을 한다면 세 번째 방법으로 이 만인지적을 사용하면 됐다.
'게다가 일대 다수의 싸움에서도 의미가 있고.'
충분히 다방면에서 사용할 수 있는 유용한 기술이었다.

-만인지적을 배웠습니다!
-스킬 추가 : 만인지적(S)

에단은 곧장 신세계를 종료했다.
그러곤 다시 그랜드혼의 깊숙한 곳으로 이동했다.
크르릉-.
어느 순간, 주변에서 늑대 소리가 들려왔다.
아까 상대했던 푸른 늑대들이었다.
하지만 하나 다른 점이 있었다.
"크르르르륵-!"
이 푸른 늑대들의 가장 앞에 늑대인간이 있었다.
"네가 이 푸른 늑대들을 이끄는 수장이구나."
거의 3미터 정도 되어 보이는 늑대인간이었다.

늑대인간이 에단을 보더니 포효했다. 그러자 푸른 늑대들이 동시에 달려들었다.

호루스의 눈이 늑대들의 모든 움직임을 포착했다. 통증이 느껴짐과 동시에 에단은 살짝 눈을 감았다.

그리고 다시 뜨니 늑대들이 코앞이었다.

피하기엔 이미 늦었다.

물론 에단은 피할 생각이 없었다.

"크르르릉!"

늑대 한 마리가 에단을 그대로 물었다.

"만인지적."

본래라면 그대로 들어와야 할 대미지가 들어오지 않았다.

-피해를 흡수합니다!
-피해가 쌓였습니다 [7%]

'이런 식인가? 확실히 어렵군. 맞아야 할 부위가 정해져 있는 것 같아.'

확실히 극상의 난이도라 그런지 쉽지가 않았다.

콰드득-! 콰득-!

늑대들이 연이어 에단을 공격했다.

어느새 순식간에 에단은 모든 부위를 늑대들에게 물리게 되었다.

늑대들이 완전하게 에단을 무력화시키자 늑대인간이 한 번 더 하늘을 향해 포효했다.
"크르르릉!"
손쉽게 사냥했다는 생각에 늑대인간이 천천히 사냥감을 향해 다가갔다.
그런데 뭔가 이상했다.
늑대들이 온 힘을 다해 물어뜯고 있는데 사냥감의 모습이 너무 멀쩡해 보였다.

－피해가 쌓였습니다 [88%]
－피해가 쌓였습니다 [96%]
－쌓인 피해가 한계치에 이르렀습니다!

늑대인간의 등에 순간 소름이 돋았다.
흉포한 오라였다.
언젠가 한 번 느껴 본 적 있었던 그런 불길한 기운.
콰아앙－!
굉음과 함께 에단을 덮쳤던 모든 늑대들이 일시에 터지듯 뒤로 날아갔다.
그리고 그곳에 검을 든 에단이 서 있었다.
"크르륵."
늑대인간은 이 기운의 정체를 깨달았다. 언젠가 거대한 황금색 늑대에게서 느꼈었던 그 기운이었다.

죽음.
에단의 검이 굳어 버린 늑대인간의 목을 베었다.

　　　　　＊　＊　＊

"최선의 방어는 공격이라는 게 너무 이해가 잘 되는군."
항우가 추구하는 건 공방일체의 힘이었다.
만인지적은 그 공방일체에 딱 맞는 기술이었다.
물론 극상의 난이도에 걸맞게 사용할 때 신경 써야 할 게 너무 많았다.
'조금이라도 집중이 흐트러져서 잘못 맞으면 만인지적이 아니라 한 마리한테도 큰 피해를 입을 수가 있어.'
하지만 확실히 이건 방어였다.
에단이 원하는 수준.
"역시 알고리즘이야."
좋아요를 무려 15개를 사용했지만 후회는 없었다.
원하는 걸 얻은 에단은 곧바로 아카데미로 돌아갈 준비를 했다.
"그 전에."
에단은 호루스의 눈으로 주변을 살폈다.
깊숙하게 들어왔으니 사람의 흔적이 없을 터.
"가져갈 건 알뜰하게 가져가야지."
에단이 나무 밑을 확인하고는 빠르게 움직여 허리를 숙

였다. 그곳엔 질 좋은 약초들이 즐비했다.

"탕약 재료는 항상 쟁여놔도 모자람이 없거든."

역시 그랜드혼이었다.

질 좋은 약초들이 여기저기에 많았다.

특히 허브 종류가 많았는데 싹 다 1년 이상 잘 자란 것들이었다. 소위 말하는 좋은 땅에서 햇빛을 받아가며 자라난 고품질의 약초였다.

에단은 조심스럽게 약초들을 뽑았다.

약초를 뽑을 때 중요한 게 하나 있다면 바로 뽑는 방법이었다.

뜯는 게 다 거기서 거기가 아닌가 생각들을 하지만 어떻게 뽑느냐에 따라 약초의 상태가 달라졌다.

'대충 막 뜯으면 A등급을 받을 약초도 B등급이 돼.'

그 효능이 낮아지기 때문에 조심스럽게 뽑아야 했다.

'머리 위를 잡고. 천천히.'

에단은 그렇게 조심스럽게 약초들을 뽑아 아공간 주머니에 차곡차곡 담았다.

허리 한번 펴지 않고 호루스의 눈에 걸리는 약초를 족족 뽑다 보니 어느새 꽤나 많이 흘렀다.

"어차피 돌아가는 길은 풍운으로 바로 가면 되니까."

이래서 이동기술을 얻어 놓은 것이다.

"응?"

풍운을 사용하여 곧바로 돌아갈 준비를 하려던 에단의

눈에 뭔가가 보였다.

호루스의 눈이 아니었다면 그냥 넘어갔을 흔적.

가까이 다가가 보니 아주 익숙한 흔적이 거기에 있었다.

☾.

등을 지고 있는 두 개의 초승달.

달의 추종자의 표식이 그곳에 있었다. 아주 은밀하게 숨겨져 있어 웬만한 방법으로는 절대 찾지 못했을 터.

"달의 추종자의 표식이 여기 왜 있지?"

이 정도로 숨겨 놓은 거라면 분명 중요한 정보가 숨겨져 있을 게 분명했다.

에단은 곧바로 표식을 확인했다.

'여기서 접선하는 거군. 지금으로부터 사흘 뒤.'

[겨울잠에서 깨어난][어미 곰 사냥][식단 공유]

"어미 곰 사냥이라. 식단 공유는 아마 계획표겠고."

겨울잠에서 깼다는 건 아마도 학부모 참관 수업을 뜻하는 것일 테고 학교의 학생은 아기곰이요, 학부모는 어미 곰일 터.

"이런 곳에서 접선을 하니 슈들렌이 찾을 수가 없는 거였군."

에단은 그대로 아무 일 없다는 듯이 표식을 다시 그 자리에 설치해 두었다.

"일단 내려간다."

접선은 사흘 뒤라고 쓰여 있었다. 에단은 우선 풍운을 사용하여 집으로 돌아왔다.

아직까진 놈들이 정확히 무슨 짓을 하려는지는 모른다.

"무슨 짓을 하려는지는 몰라도."

에단이 씩 웃었다.

"그건 나한테 좋은 일이 될 거야."

* * *

아카데미로 돌아온 에단은 이번 그랜드혼에서 느꼈던 실전의 중요성을 바탕으로 수업 계획서를 작성했다.

대체적으로 실전 경험이 중요하다는 건 각 교사들마다 느끼고 있는 사실이다.

하지만 실전 경험을 시켜 준다는 건 무척이나 어려운 일이다.

'통제가 힘들다는 거지.'

그랜드혼에 갔다 와보니 확신할 수 있었다. 그곳의 몬스터는 너무나도 위험하고 통제가 어렵다.

당장 푸른 늑대만 상대했던 에단 또한 지금까지 쌓아온 게 없었으면 그대로 죽었을 가능성이 높았다.

그런 곳에서 실전 수업을 한다?

달의 추종자 놈들이 일을 벌이기 전에 이쪽에서 다 전

멸시킬 수도 있다는 뜻이다.

'그렇다고 실전 수업을 안 할 순 없어.'

실전 수업 없이는 학생들을 제대로 써먹을 수가 없다.

'내게 방법이 있다.'

굳이 그랜드혼이니 몬스터니 하는 놈들이 아니어도 실전 경험을 쌓을 수 있는 방법이 있었다.

'이걸로 세 번째 수업을 따야겠군.'

본래 신입교사에게는 허락되지 않는 것이 바로 여러 개의 수업을 맡는 것이었다.

사실 에단이 지금 마법학부의 수업을 맡은 것도 이례적인 일이었다.

당장 누군가 그 수업을 맡아야 하는데, 적당한 사람이 없었던 절호의 상황.

그런 상황에서 에단이 그 재능을 보여 줬고, 교장의 추천까지 있었기에 가능한 일이었다.

'신입 교사라면 당연히 하지 못하는 것들. 그런 것들을 내가 해야 한다. 그 정도로 파격적이어야 해.'

에단은 의도를 가지고 파격적인 행보를 보일 생각이었다. 그 누구의 불만도 나오지 않을 정도로 파격적이게.

'그래야 빠르게 마스터가 되어도 잡음이 없다.'

잡음이 있더라도 이 파격적인 행보가 합리화를 해 줄 것이다.

에단은 수업 계획서를 빠르게 작성한 후에 예리카를 불

렸다.

이번에 계획한 수업의 중심에는 예리카가 있다.

"부르셨어요?"

예리카는 수련을 하고 있었는지, 땀으로 범벅인 모습이었다.

"수련하고 있었군."

"매일 해야죠. 명색이 에단 님의 호위인데요."

슈들렌도 매일 같이 훈련을 했는데 그런 슈들렌보다 오히려 예리카가 더 강도 높게 훈련을 했다.

그런 그녀를 보고 슈들렌이 도리어 자극을 받을 정도였다.

"충분하겠어."

"네?"

"네게 걸려 있는 금제 말이야. 다음 단계를 풀어도 되겠다고."

"……!"

에리카의 저주는 아직 다 풀린 게 아니었다.

강력한 초인력으로 걸려 있는 저주였기에 그때 당시의 에단은 예리카가 딱 몇 가지 마법을 사용할 수 있을 정도로밖에 풀지 못했다.

하지만 지금은 다르다.

'허류탕약술도 강화됐고. 예리카의 상태도 그때보다 훨씬 좋아.'

에단의 실력과 예리카의 실력이 저주를 풀 수 있을 정도로 강해진 상태였다.

예리카의 안색이 확 밝아졌다.

"다 풀 수 있는 건가요?"

만약 다 풀 수 있다면 할아버지의 모든 마법을 쓸 수 있게 된다.

그렇게 되면 예리카 스스로가 준비하고 있던 일도 바로 진행할 수 있었다.

"아니. 아직 그 정도는 아니야."

그러나 에단은 고개를 저었다.

"다 풀 수 있으면 좋겠지만. 그 금제. 만만히 볼 게 아니거든."

"그래도 점점 좋아진다는 게 어디예요. 잘 부탁드려요. 에단 님."

얼마 전까지만 해도 예리카는 금제에 걸려 마법 하나 제대로 못 쓰는 상태였다.

하지만 지금은 몇 가지 마법이긴 하지만 자유롭게 쓸 수 있는 상태였다.

게다가 이번에 좀 더 저주를 풀게 된다면 더 많은 마법을 쓸 수 있게 될 터.

그것만으로도 충분히 장족의 발전이었다.

"네 금제는 총 4단계로 이루어져 있어. 내가 풀었던 게 1단계고, 지금 푸는 건 2단계야. 2단계 금제를 풀면 마나로드가 더 뚫릴 거야. 그렇게 되면."

"서클을 더 많이 만들 수 있겠군요."

"맞아."

서클을 더 많이 만들고 마나의 흐름을 원활하게 하면 더 상위의 마법도 사용할 수 있게 된다.

"예리카. 그러면 그 마법도 혹시 사용할 수 있을까?"

"어떤 마법이요?"

"특별한 골렘을 만드는 마법."

그 말에 예리카가 순간 깜짝 놀라 에단을 보았다.

에단이 예리카를 호위로 삼은 두 번째 이유가 바로 이 특별한 골렘 때문이었다.

"어떻게 그걸……."

"그거 모르는 사람 없을걸. 대마법사 헤카테 하면 골렘 군단이 가장 유명하니까 말이야."

헤카테는 마법으로 일으킨 골렘들로 유명한 마도 기사단과 승리한 적도 있었다.

"확신은 못하겠지만, 아마 2단계 금제가 풀려서 서클을 더 활용할 수 있게 된다면 충분히 그 특별한 골렘을 만들 수 있을 거예요."

예리카가 자신감 있는 눈빛으로 말했다.

하나씩 하나씩 할아버지만의 시그니쳐였던 마법들을 쓸 수 있게 된다. 그게 그녀의 자신감을 올려 주었다.

"그럼 됐군. 바로 시작해 보자고."

에단은 아공간 주머니에서 재료들을 꺼냈다. 이미 그의 아공간 주머니에는 수많은 재료들이 즐비했다.

에단이 꺼낸 건 그중에서도 요정의 숲에서 얻었던 귀한 약초들이었다.

1단계 금제를 풀 때 썼던 은잔화처럼 잘 쓰면 독초로도 쓸 수 있는 것들이었다.

'물론 은잔화보다 훨씬 더 귀해.'

게다가 다루는 것도 무척이나 까다로웠다. 자칫 잘못하면 그대로 못 쓰게 되는 귀한 약초들이라 에단 또한 꽤 긴장했다.

기껏 힘겹게 얻어 온 걸 실수로 못 쓰게 된다면 다시 요정의 숲으로 가서 얻어 와야 하니까.

'시간 낭비가 심해져.'

에단은 천천히 재료들을 꺼낸 후 약초들을 다듬기 시작했다.

-허류탕약술을 시전합니다!

그러곤 손질한 약초들을 가지고 탕약을 만들기 시작했다.
중심이 되는 약초는 바로 이 새하얀 색의 허브였다.
예리카는 얌전히 서서 에단이 만드는 탕약을 기다렸다.
"혹시 저번처럼 좀 막 아프고 그런가요?"
"그때도 말했지만."

"몸에 좋은 건 쓰다구요?"

"그래. 이번 건 더 쓸 걸. 그리고 좀 더 아플 거야."

에단의 말에 예리카가 살짝 인상을 썼다. 하지만 이걸로 2단계 금제가 풀린다면 얼마든지 참을 수 있었다.

"감사해요."

"감사할 것까지야."

예리카는 에단에게 진심으로 감사를 표했다.

에단이 아니었다면, 지금 자신은 살아 있을 수도 없을 테니까.

"이 빚은 언제건 잊지 않고 갚을게요."

띠링-.

에단에게 알림창이 떴다.

-생존확률이 상승했습니다.

깊은 신뢰.

처음 손을 내밀었을 때보다 훨씬 더 예리카는 에단을 신뢰하게 되었다.

그리고 대마법사가 될 이의 신뢰란 무거운 것이라 그런지 생존확률이 상승했다.

'이번엔 많이 올랐나 본데.'

에단이 씩 웃으며 탕약 제조를 마무리했다.

-화이트 허브 마나 가속탕약을 만들었습니다!
-등급 판정 중……
-화이트 허브 마나 가속탕약 [A+]

만들어진 탕약의 등급은 A+.

일전에 만들었던 레카드 탕약보다 등급은 낮았으나 그때 200년 묵은 레카드 진액 덕분에 도달할 수 있었던 것뿐.

현재 에단이 만들 수 있는 가장 높은 등급이라고 봐도 무방했다.

-허류탕약술의 숙련도가 오릅니다!

"예리카."
"네."
탕약을 받아 든 예리카가 단숨에 탕약을 마셨다.
꿀꺽.
순간 그녀의 몸에서 연기가 나기 시작했다.
"으으으."
예리카가 눈을 감았다.
순간 그녀의 이마를 중심으로 핏줄이 굵어지기 시작했다.
에단은 신중하게 예리카의 몸 상태를 살폈다.

'마나를 가속화시켜서 마나로드를 넓힌다. 지금 예리카의 마나로드는 초인력으로 인한 금제로 좁혀져 있는 상태야.'

2단계 금제를 푼다는 건 이 마나로드를 조금 더 넓힌다는 것이었다.

"후우!"

그리고 얼마 지나지 않아 예리카가 원상태로 돌아왔다. 그러곤 멍한 표정으로 자신의 손을 쳐다보았다.

주먹을 쥐었다 폈다 하며 몸 상태를 확인한 예리카가 천천히 미소 지었다.

"성공했어요."

"당연하지."

예리카는 그 자리에서 눈을 감고 마나 순환을 하기 시작했다. 이전까지 느낄 수 없었던 거대한 마나가 온 몸을 돌고 있다는 게 느껴졌다.

"후우."

이 정도로 마나를 돌릴 수 있다면 이전까지 못했던 걸 할 수 있다.

"잠시만 기다려 주세요."

예리카의 몸에서 파란 오라가 뿜어져 나오기 시작했다.

'역시.'

에단은 그걸 보며 감탄했다.

역시 헤카테의 손녀다웠다. 지금 그녀는 서클을 추가하고 있었다.

'하나, 둘, 셋.'

이전까지는 제대로 형성하지 못했던 서클을 순식간에 세 개를 추가했다.

"4서클."

예리카가 눈을 떴다.

"이제 완벽해요. 4서클이면 이제 웬만한 놈들은 에단 님한테 접근조차 못할 거예요!"

그녀가 굉장히 기뻐했다.

에단 또한 그런 그녀를 보면서 기뻤다.

"예리카."

"네. 에단 님."

"골렘 만들 수 있지?"

이제 예리카가 골렘을 만들 수 있을 테니까 말이다.

* * *

"이 브륄레를 이런 식으로 쓴다고?"

"마법식이 조금 달라요. 태우는 것. 태워서 포션을 만들 때 필요한 열을 만들어 내네요. 그러니 빨라지는 거예요."

"이걸 식만 빼서 마법을 만들다니. 이건 특허를 내도

될 것 같은데요."
 "이걸 정말 에단 선생님이 고안해 내신 거야?"
 에단이 가르친 브뤼레는 학생들을 통해 교사에게까지 전해졌다.
 포션 제조학을 듣는 연금과 학생 하나가 마법학부 교무실을 찾아 도움을 구했기 때문이었다.
 브뤼레에 대한 설명을 들은 교사들은 설명이 끝나자마자 감탄을 쏟아 냈다.
 "이걸 이런 식으로 접합시킬 생각을 하다니."
 "생각이 이렇게 유연할 수가."
 "정말 에단 선생님한테 배운 거 맞니?"
 "네. 맞아요. 그런데 정말 에단 선생님은 왜 마법과로 안 오신 걸까요. 지금도 너무 아쉬워요."
 "정말 대단한 거야, 이건. 단순히 마법식을 빼내서 붙여 놓은 게 아니라고. 유디안 선생님! 이것 좀 보세요. 이 브뤼레를……."
 마법과의 선생님들이 연금과의 선생님인 유디안에게 브뤼레를 통한 빠른 포션 제조에 대해서 설명했다.
 설명을 다 들은 연금과의 유디안 선생이 눈을 크게 뜨며 박수를 쳤다.
 "와. 근데 이게 진짜 같은 효과를 낸다구요?"
 "선생님도 혹시 모르고 계셨던 거예요?"
 "포션은 시간을 들여서 만드는 게 정론이긴 한데요. 저는 이렇게 브뤼레를 활용해서 시간을 단축시키는 방법은 들도 보도 못했어요."

유디안의 한마디에 마법과 교사들이 한숨을 내쉬었다.

"그러면 진짜 이거, 에단 선생님이 독자적으로 고안해 낸 거네요?"

"브뤼레의 활용으로 포션 제조를 빠르게 한 마법사는 지금까지 없었어요. 얼마 전에 학회에도 나갔지만……."

유디안이 고개를 저었다.

"당장 에단 선생님에게 가 봐야겠어요. 이걸 진짜 독자적으로 고안한 거라면…… 혁명이라구요, 이건. 포션 제조를 빠르게 하면서도 그 효과를 유지할 수 있다니요. 지금까지 있었던 이론이 수정되어야 할 만큼 대단한 거예요."

질문을 했던 학생은 자기들끼리 이야기하는 교사들을 보았다. 어느새 소외된 상태였지만 이야기를 들으면서 점점 더 확신할 수 있었다.

지금 자신이 이 포션 제조학 수업에서 배우는 건 마법 학부의 선생님들조차 처음 경험해 보는 것이다.

그런 걸 최초로 자신이 배우고 있다!

그 사실 하나만으로도 가슴이 뛰었다.

설마하니 이런 대단한 걸 배우게 될 줄은 몰랐다.

"감사합니다. 선생님들!"

학생은 뛸 듯이 기쁜 마음으로 교무실을 나섰다. 이 꿀 수업, 절대로 다른 학생들에게 좋다고 말하지 않을 생각이었다.
'경쟁자를 최대한 줄여야 돼!'
검술과 학생들과 아주 똑같은 생각이었다.

* * *

"그래서 어떤 골렘을 만드시고 싶으신 거예요?"
4서클이 된 예리카는 우선 헤카테가 남긴 마법인 특수 골렘 제작법을 하루 동안 연습을 했다.
그사이 에단은 재료를 준비했다. 특수 골렘을 만들려면 일단 마법도 마법이었지만 재료도 중요했다.
"내가 만들고 싶은 건 이 나무로 만든 골렘이야."
"네? 왜 그런 걸로…… 아 물론, 나무로 못 만든다는 건 아니에요. 그런데 강한 힘을 내거나 충격을 버티게 하려면 단단한 재질이 좋아요. 나무로 만들어 봤자 쉽게 부서질 거예요."
헤카테의 특수 골렘의 특징이라고 한다면 일반 골렘보다 훨씬 더 강력한 힘을 꼽을 수 있었다.
그뿐만이 아니었다. 일반 골렘들은 그 이름처럼 단순한 움직임만 취할 수 있었다. 그러나 이 특수 골렘은 정말 사람처럼 부드러운 움직임이 가능했다.
그랬기에 재료가 중요했다.

제대로 된 재료를 쓰지 않으면 힘을 버티지 못하고 박살이 났다.

"부서질 걸 상정하고 만드는 거니까. 이건 교육 용도로 쓸 거거든."

"교육 용도로 쓰신다구요?"

에단의 말에 에리카가 순간 아, 하는 표정을 지었다.

다른 골렘과 달리 고차원적인 움직임을 취할 수 있다는 건 실전 수업에 도움이 된다는 소리였다.

"실전 수업에 쓰신다는 거군요?"

"바로 그거야. 실전 수업을 하겠다고 몬스터를 잡으러 갈 순 없으니까 말이야."

"약한 몬스터는 약한 대로, 강한 몬스터는 강한 대로 문제가 있을 테니까요. 세상에. 이런 생각은 도대체 어떻게 하신 건가요?"

'처음부터 했지.'

단순히 호위만을 위해서였다면 예리카가 아니라 다른 인물을 택했을 것이다.

처음 얻을 때 난이도가 무척이나 어려우니까.

그럼에도 예리카를 얻은 이유다.

"시야를 넓게 보면 돼."

"맞는 말이긴 한데. 음. 그러면 나무로 만드시려는 거죠?"

"일반 나무를 쓰진 않을 거야. 교육 용도라고는 하지만 너무 잘 부서지면 의미가 없으니까."

에단은 흑단목을 사용할 생각이었다.

"흑단목이요? 그거 엄청 비싼 거 아니에요? 웬만한 금속보다 비싸다고 들었는데요."

예리카는 놀라서 되물었다.

단순히 교육용으로 만들기엔 너무 비싼 재료였다.

"교육 용도로 쓴다고 했지만. 단순히 교육 용도로만 또 쓸 건 아니라서."

"네?"

"이걸 팔 거거든."

"판다고요? 제 골렘을요?"

경량화 마법이야 본래 일반 마법이기 때문에 예리카가 그 노하우를 다비드 상단에 판매해도 상관없었다.

하지만 이 골렘 제작법은 다르다.

이 특수한 골렘을 만드는 건 헤카테의 시그니처 마법이었다.

그 시그니처 마법은 팔 수 있는 게 아니었다.

"아니. 그 특수한 골렘을 만드는 마법을 절대 팔면 안 되지. 예리카, 그건 오로지 너만 사용할 수 있는 거야."

"그렇다면요?"

"마법을 다운그레이드시키는 거지."

"다운그레이드요?"

"본래의 골렘 마법에 그 특수 골렘 만드는 방법을 일부

섞는 거야. 특수 골렘이 가지는 특유의 움직임은 살릴 수 있게."

그럼 일반 골렘보다는 단단하지만 예리카의 특수 골렘보다는 튼튼하지 않은 골렘이 탄생한다.

"이 골렘의 특징이라고 한다면 일반 골렘보다 부드러운 움직임이 가능해 지지."

"대신 쉽게 깨지겠군요. 아. 그렇게 되면……."

"자주 사겠지. 이걸."

에단이 씩 웃었다.

물건을 만들 때 중요한 건 너무 튼튼하지 않게 만드는 것이다.

너무 튼튼한 물건을 만들게 되면, 다시는 그 물건을 사러 오지 않을 테니까.

'그러니 주기적으로 찾아오게 하려면 고성능이면서 적당히 내구도가 약해야 해.'

적당히 내구도를 약하게 만드는 대신, 성능을 끌어 올린다. 그럼 그 성능의 맛을 본 사람들은 다시 살 수밖에 없다.

다른 골렘과는 다르니 말이다.

"그리고. 복수는 단순히 누명을 씌운 놈을 죽이는 걸로 완성되는 게 아니지 않나?"

에단의 말에 예리카가 잠시 생각에 빠졌다.

에단이 말하는 복수는 건 무력을 사용한 복수가 아니었다.

"할아버지의 마법으로 만든 골렘을 수많은 사람한테 판다……."

"누명을 씌우고 마녀 사냥을 했던 사람들이 그걸 구매하겠지. 대부분은 귀족들이 살 거야."

적극적으로 나서 대마법사 헤카테를 잡으려고 했던 것이 바로 고위 귀족들이었다.

그 고위 귀족들에게 헤카테의 마법으로 만든 골렘을 판매한다.

스며들게 만드는 것이다.

그걸 생각하자 예리카는 순간 찌릿, 하고 등골이 서늘해졌다.

에단의 말처럼 무력으로 하는 복수만 할 필요가 없었다. 이런 복수가 더 짜릿할 수 있다.

그런 생각에 예리카는 고개를 절레절레 저었다.

"에단 님을 적으로 돌리면 정말 안 되겠네요. 여기까지 생각하시다니."

"사실은 그냥 네 마법으로 돈을 좀 벌고자 하는 이유도 있어."

"그렇다고 하더라도 상관없어요, 에단 님. 그 망할 귀족들이 할아버지를 그렇게 무시해 놓고 결국 할아버지의 마법으로 만들어진 골렘을 사려고 안달을 낼 거 아니에요. 그리고 그렇게 말해 주시면서 제 부담을 덜어 주시려는 거잖아요."

"……."

예리카는 곱씹을수록 에단의 방법이 좋다는 생각이 들었다.

그리고 그걸 주기적으로 살 수밖에 없게 된다니. 결국 할아버지가 만들어낸 마법의 승리 아닌가.

예리카가 에단을 보며 고개를 끄덕였다.

"다운그레이드. 한번 해 볼게요. 다운그레이드한 마법이야 얼마든지 팔 수 있으니까요. 그런데 이 마법. 누구에게 팔려는 건가요? 이전처럼 다비드 상단과 거래를 하실 건가요?"

"다비드 상단의 상인에게 맡길 테지만. 이번 일은 전적으로 우리 마법사를 이용할 거야."

"우리 마법사요?"

"마탑에서 데리고 왔던 마법사들. 이젠 더 큰 판에서 놀게 해 줘야지."

* * *

예리카는 아마 죽은 할아버지가 지금 이 상황을 본다면 얼굴이 새빨개지도록 화를 낼 거라고 생각했다.

설마하니 자신이 고안해 낸 시그니처 마법을 교육과 장사에 사용할 거라고 생각이나 했을까.

'그래도 뭐.'

고고한 마법이라고 평가받으며 영영 사라지는 것보다 이런 식으로 마법이 이어지는 게 훨씬 더 낫다고 예리카는 생각했다.

"흑단목? 몇 개나?"

후작령의 시장.

비싼 재료인 흑단목은 이 후작령에서도 두 군데서밖에 취급하지 않고 있었다.

예리카는 상인의 말에 품에서 묵직한 주머니를 꺼내 건넸다.

"이걸로 살 수 있는 만큼 다요."

주머니를 열어 본 상인이 크게 눈을 떴다. 주머니가 터질 정도로 골드가 가득 담겨 있었다.

"이렇게나 많이 흑단목이 필요하다니. 도대체 무슨 일로 사 가시는 겁니까?"

상인이 굉장히 당황했다.

이 정도면 자신이 보유한 흑단목 재고를 다 가져와도 돈이 남을 정도였다.

"만들 게 좀 있어서요."

에단에게 만들어 줄 건 최상품으로 만들 생각이었다. 4서클에 올라 지금까지 사용해 본 적 없던 할아버지의 마법을 사용하는 거다.

'엄청난 걸 만들어 드려야겠어.'

2단계 금제가 잘 풀렸다는 것을 어필하면서 동시에 에

단의 감탄하는 모습을 볼 생각이었다.

* * *

예리카가 흑단목을 사러 간 사이.
에단은 풍운을 사용해서 부트라 자유도시를 찾았다.
이 부트라 자유도시는 론드 후작령으로 오는 길에 있던 도시로 다비드 상단의 에트닝 헌트가 경량화 공방 사업을 진행하고 있는 곳이기도 했다.
'슬슬 시간이 됐지.'
에트닝이 경량화 공방을 런칭하고 이제 자리 잡고 있을 시기다.
에단은 곧장 시장 안쪽으로 향했다.
"이거 지방의 영지에서 유행하는 거라던데."
"나도 그 소문 들었어. 경량화를 기깔나게 잘 한다고 하더라고. 그게 분점을 냈다나 봐."
"마법사들은 까다롭다고 들었는데. 이렇게 장사를 하는 마법사는 처음 보는 거 같아."
"다른 상단도 아니고, 다비드 상단이 직접 분점을 맡고 있으니 이건 궁금해서라도 갈 수밖에 없겠는데?"
"못 갈 걸? 지금 거기 사람이 엄청 몰려 있다고."
"벌써?"
들어가자마자 에단은 경량화 공방에 대한 이야기를 들

을 수 있었다.
 시장의 사람들 중 꽤 많은 숫자가 에단이 찾는 경량화 공방으로 향하고 있었다.
 "역시."
 에단은 눈앞에 펼쳐진 모습에 흡족한 미소를 지었다.
 길게 줄 선 행렬.
 휘커스 영지의 풍경과 비슷했다. 사람들이 길게 줄 서 있고, 나온 사람들이 주변 상점에 들르는 모습.
 "차례대로 줄 서 주세요!"
 "작업은 금방 끝납니다!"
 "그리 오래 걸리지 않을 겁니다! 차례대로 줄 서시면 바로바로 처리해 드립니다!"
 "미리 경량화할 물품과 골드를 꺼내 주세요!"
 '확실히 감각이 있어.'
 에단은 경량화 공방을 초반에 운영하면서 손님들을 컨트롤하는 데 신경을 많이 썼다. 아무리 경량화 공방의 서비스가 좋더라도 그 서비스를 받는 과정이 불편하면 사람들은 잘 찾지 않는다.
 게다가 수익도 극대화시킬 수가 없다.
 그렇다면 답은 하나.
 회전율을 높이는 것뿐이었다.
 '이렇게 관리를 하면 회전율이 높을 수밖에 없지.'
 역시 에트닝에게 팔길 잘했다는 생각이 들었다.

그렇게 지켜보던 에단은 저 멀리서 걸어오는 에트닝 헌트를 발견했다.

"······!"

에트닝 또한 에단을 발견했는지 반가운 얼굴로 다가왔다.

"말도 없이 오시다니. 미리 말씀을 해 주셨으면 마중을 나왔을 텐데요! 오랜만입니다. 들려오는 소문은 잘 들었습니다. 설마하니 그 이베카의 수석을 하시다니. 그것도 검술과의 교사로요."

그녀는 바빠 보였지만 표정은 밝았다.

"여기까지 소문이 돌 줄이야. 축하 감사합니다."

에단이 슬쩍 경량화 공방을 보고는 미소 지었다.

"성공적으로 런칭을 하셨군요."

"이건 실패할 수가 없는 아이템이니까요. 이런 아이템을 쥐고 성공시키지 못하면 상인 실격입니다."

에트닝이 웃으며 말했다.

"런칭이 잘 됐는지 확인하러 오신 건가요? 걱정하셨을 텐데. 그래도 제가 맡은 사업은 곧잘 하거든요."

에트닝의 말에 에단이 고개를 저었다.

"아니요."

에트닝은 당연히 에단이 자신의 아이템이라고 볼 수 있는 경량화 공방을 잘 운영하나 확인하러 왔다고 생각했다.

그런데 에단이 고개를 저으니 의아한 표정을 지었다.
그렇다면 왜 온 것인가?
"그러시면 어떤 이유로?"
"말씀하신 대로 실패할 수가 없는 아이템 아니겠습니까. 그리고 다른 사람도 아니고 에트닝에게 맡긴 겁니다."
그 눈빛에 에트닝은 역시 자신의 예상이 틀리지 않았다고 생각했다. 자신이 에단을 찾은 게 아니다. 에단이 자신을 찾아서 맡긴 것이다.
"실패하지 않을 사람에게 맡기신 거군요."
"제가 아는 상인 분들 중 손가락에 꼽히시는 분이니까요."
"그렇게 들으니 궁금해지네요. 그 손가락에 꼽히는 다른 상인들이요."
에단은 어깨를 으쓱이며 화제를 돌렸다.
"아무튼 찾아온 이유는 다른 일이 있어서입니다. 그나저나 이 경량화 공방 사업, 더 이상 에트닝이 신경 쓸 일은 없죠?"
경량화 공방을 먼저 운영해 본 에단이었기에 잘 알고 있었다. 이 공방은 사업 파트너인 마법사들의 사이클만 잘 돌아가면 손을 댈 게 없다.
공방의 확장이라든지 아니면 여러 사업적 이야기만 처리하면 된다.
그럼 시간적 여유가 생기는 것이다.

대개 상인들은 그 여유 시간을 가만히 놔두지 않는다.
"네. 시간이 남죠. 이제 제가 없어도 알아서 잘 돌아가도록 이야기를 해 두었으니까요. 제가 믿는 부하들이 많습니다."
에단이 그렇게 말하자 에트닝이 알아들었다는 듯이 씩 웃었다. 남는 시간을 물어본다는 건 하나의 이유밖에 없다.
"꽤 괜찮은 아이템을 가지고 왔습니다."
그때도 그랬지만 에단의 확신에 찬 말에 에트닝은 다시금 가슴이 뛰었다.

* * *

"음."
이야기를 들은 에트닝은 에단을 보았다.
"도대체 이런 것들은 어떻게 떠올리시는 건가요?"
에트닝의 별명인 돈귀신은 그녀가 돈 냄새 나는 사업이란 사업은 싹 다 시도하여 성공시켰기에 붙은 별명이었다.
하지만 에트닝은 이러한 사업 아이디어를 홀로 생각하는 게 아니었다.
매일 아침 자신과 함께 일하는 상인들과 함께 머리를 맞대고 현재 운용하는 사업과 신사업에 대해서 이야기를 한다.

그리고 그들이 가지고 오는 정보들을 취합하여 다른 이들의 이미 성공한 사업을 사들이기도 한다.

그렇게 치밀하게 준비했기에 사업들을 다 성공시킨 것이다.

게다가 그녀는 다비드 상단이라는 든든한 안전장치가 있었다.

다비드 상단의 이름을 걸고 하는 이상, 사람들의 신뢰를 어느 정도 깔고 가는 셈이니까.

그랬기에 이런 과감한 아이템이 놀라웠다.

"더 놀라운 건 단순히 아이디어가 아니라, 실제 사업을 바로 벌일 수 있을 정도로 세부적인 계획까지 세우신다는 거예요."

누구나 기깔난 아이디어는 떠올릴 수 있다. 하지만 아이디어를 떠올리기만 할 뿐, 그걸 실행으로 옮기는 사람은 몇 되지 않는다.

에단은 그 몇 안 되는 사람 중 하나였다.

"저한테 이걸 가지고 오셨다는 건. 이미 이게 수요가 있다는 걸 파악하셨다는 거죠? 그럼 이미 만들어 두셨겠네요?"

"아직 만들진 않았습니다만, 곧 만들어질 겁니다."

"저를 선택해 주셔서 감사합니다."

확신에 찬 말투.

에트닝은 그저 감사하다는 말밖에 할 수 없었다.

그가 말한 상인들 중에 자신을 택해 준 것이니까.

"아직 감사하시려면 멀었습니다. 단순히 새로운 걸 팔려고만 했으면 에트닝을 찾아오지 않았을 거예요."

본론은 지금부터였다.

"에트닝 부상단주님, 당신이라면 이번 사업이 무조건적으로 성공할 거라는 걸 이미 알고 계셨을 겁니다. 제가 사업을 시작한 초기에 찾아오셔서 그 가능성을 두 눈으로 확인하셨으니까요."

그러나 왜인지 이번 사업은 규모가 작았다.

"내부 상황에 대해선 자세히 모르지만 규모가 좀 작더군요. 부상단주님의 권한이라면 이보다 더 크게 할 수 있었을 텐데요."

에단은 경량화 공방을 가리켰다.

에트닝이 고개를 끄덕였다.

"맞아요. 본래는 더 크게 할 생각이었죠."

"단순히 리스크를 줄이기 위해서 작게 한 게 아닌 것처럼 보입니다. 제 눈엔 다른 누군가가 이 사업을 믿지 못해서 지원을 줄여 버린 걸로만 보여요."

"……."

"부상단주쯤 되면 새로운 사업을 시작할 때 제대로 투자할 겁니다. 그것도 확신을 갖고 있는 사업이라면 말이죠. 하지만 그렇지 못하다는 건, 상단주님이 개입했거나 혹은……."

확신에 찬 목소리로 에단이 말을 이었다.
"같은 부상단주 중에 누군가가 끼어든 것이겠죠."
"……."
에트닝은 침묵했다.

에단의 말 그대로였다. 키멀 부상단주 때문에 본래 이보다 더 크게 하려던 규모를 줄일 수밖에 없었다.

그쪽에서 자금줄을 꽉 잡고 있으니 어쩔 수 없었다. 상단주와 얘기하려고 해도 키멀 부상단주는 상단주의 형제였으니까.

"만약 그렇다면 이후로도 부상단주님이 하는 일마다 족족 방해가 들어올 겁니다. 이번 사업을 막은 사람이 또 막을 테니까요."

"사업은 성공했어요."

"그게 문제입니다. 아마 그 사람은 실패할 거라고 생각했을 텐데, 성공해 버렸으니. 완전하게 눈 밖에 난 거 아니겠습니까. 성공해도 실패한 게 되어야 할 겁니다."

"하지만 이미 성공한 걸 어떻게 바꾸겠어요?"

한탄 섞인 에트닝의 말에 에단이 웃었다.

"이번 사업은 안목이 있는 상인이라면 절대 반대하면 안 되는 사업이었습니다. 근데 반대했죠. 그 말인즉슨 그 사람은 상인이 아니라는 겁니다."

상인이 아니라는 건 상인의 도를 지킬 필요조차 없다는 의미였다.

"돈을 많이 벌고 적게 벌고를 떠나서, 상인답지 않은 행동으로 당신을 축출하려 들 겁니다. 에트닝 부상단주님. 돈을 얼마나 벌든, 사업을 실패했든 성공했든 상관없어요."

"……설마."

에단의 말에 그럴 리가 없다는 듯이 에트닝이 고개를 저었다. 하지만 동시에 그녀의 마음속에서는 의심이 생기기 시작했다.

에단은 그런 그녀의 속마음을 눈치챘다.

'이미 에트닝의 미래는 바뀌었어. 신사업인 경량화 공방을 성공시켰으니까. 하지만 본래의 미래에선 에트닝은 머지않아 다비드 상단에서 나오게 된다. 그 멍청한 부상단주 때문에.'

다비드 상단의 부상단주 중에 가장 짐승 같은 놈이 있다.

같은 부상단주인 에트닝의 재능을 질투하여 결국 그녀를 어떻게든 상단에서 나가도록 만들었다.

'그게 조금 더 빨라질 거야. 이번 사업의 성공으로.'

참으로 아이러니한 일이었다.

사업을 성공시켰는데 그 보상을 받기는커녕 상단에서 쫓겨나게 되다니.

하지만 그 어처구니없는 일이 벌어질 수밖에 없다.

'나중에 상단으로 돌아가 복수하는 데 성공하기는 하지만.'

다비드 상단주 또한 그리 현명한 인물은 아니었다.

상단을 키운 건 그 상단주 자신이 아니라 전대 상단주였던 아버지였으니.

'하지만 굳이 나갔다 들어올 필요가 없어. 지금 이 다비드 상단에서 버티면서 상단주 자리를 노려도 돼.'

굳이 나갈 필요 없이 바로 상단주 자리를 노리기 위해서 경쟁을 해도 무방했다.

에트닝에게는 그럴 만한 능력이 있었고, 그 능력에 자신의 아이템을 더해 준다면 충분히 가능하다.

"당신을 싫어하는 그 사람을 확실하게 밀어내는 건 어떻습니까? 그리고 나아가 더 높은 곳으로 올라가는 겁니다."

에단이 확신에 찬 어조로 말했다.

"제가 말한 사업 아이템으로 말입니다."

* * *

"다 알고 말한 것 같습니다."

"저희 상단에서 키멀 부상단주의 헛짓거리는 유명하지 않습니까."

에트닝과 부하들은 방금 있었던 일에 대해서 이야기를 나누었다. 가볍게 온 줄 알았던 에단이 깊게 고민해야 할 의제를 던져 주고 갔기 때문이었다.

"다 차치해 두고 말이야. 이거 거절할 이유가 있나?"

에트닝의 말에 부하들이 잠시 생각하다가 고개를 저었다.

"전혀 없습니다. 오히려 저희 쪽에서 에단 님에게 고개 숙이고 부탁해야 할 수준입니다."

"키멀 부상단주는 확실하게 부상단주님을 쫓아내려고 들 테니까요. 아마 상단주 또한 그걸 돕거나 눈감을 겁니다. 이번 경량화 공방 사업, 규모를 더 크게 해서 성공시켰으면 상단 내에서 입지가 흔들렸을 겁니다."

"사실상 에단 공자가 저희를 수렁에서 건져내 주려고 하는 거지요."

그렇다면 이 건은 빚을 진 거나 다름없었다.

받아들이지 않으면 그만이라고 생각할 수도 있지만 에트닝은 상인이다.

돈이 벌리는 쪽으로 움직이는 게 당연하다.

"명분까지 제대로 만들어 줬으니."

"아무리 생각해도 에단 님은 상인의 피가 흐르고 있습니다. 분명 경험이 없을 텐데, 저희에게 이렇게 새로운 방법을 제시해 주시다니."

"이걸 본능적으로 한 거라면 거상이 될 가능성이 높습니다."

에트닝은 고개를 끄덕였다.

"그렇지. 하지만…… 뭔가 거상보다 더 대단한 사람이 될 것 같아."

치밀한 계획, 원대한 포부.

거상으로 끝날 인재가 아니었다.

에트닝은 에단이 따로 주고 간 쪽지를 보았다.

거기엔 더 충격적인 말이 쓰여 있었다.

'최종 목표라.'

거기엔 에트닝의 최종 목표를 묻는 말이 쓰여 있었다.

당연히 최종목표는 하나다.

'거기까지 생각해두고 있는 건가.'

여러모로 놀라운 사람이었다.

* * *

다시 아카데미로 돌아온 에단은 곧장 부지런하게 움직였다.

"에단 선생님."

에단은 학부모 참관 수업 준비를 위해 강의실을 고르고 있었다.

기존 강의실만 해도 75명을 수용할 수 있는 넓은 강의실이었으나, 이번 학부모 참관 수업 땐 그보다 훨씬 더 많은 인원이 들어올 예정이었기에 더 큰 강의실이 필요했다.

최대한 많은 학부모, 그리고 아카데미의 관계자들이 봐야 했기에 에단은 아카데미에서 가장 큰 강의실을 빌릴 예정이었다.

그런 에단에게 누군가 말을 걸어왔다.

"마르틴스 선생님이시군요."

축하 파티 때 인사를 나눴던 기존 검술과 교사들 중 한 명이었다.

"어디 가시는 길이십니까? 시간이 되시면 이야기를 좀 나눌까 하는데요."

"이번 학부모 참관 수업 때 쓸 강의실을 찾느라 조금 정신이 없군요. 무슨 일이십니까?"

에단이 고개를 끄덕이자 마르틴스의 표정이 싹 변화했다. 방금까지 온화했던 표정에 진중한 표정이 깃들었다.

"에단 선생님. 선생님에 대한 소문이 별로 좋지 않습니다."

에단이 가만히 있자, 마르틴스가 말을 이었다.

"체벌은 물론이고 학생들을 대상으로 뤼비네이드 검술도 제대로 가르치지 않는다고 들었습니다. 그건 교칙 위반입니다, 선생님. 게다가 제대로 된 수업이 아니라 이상한 걸 가르치신다고도 들었습니다."

마르틴스가 굳은 표정으로 고개를 저었다.

"선을 넘었습니다. 에단 선생님."

마치 큰일이라도 난 듯 이야기 하는 마르틴스에게 에단은 별다른 대답을 하지 않았다. 마르틴스는 그런 에단을 보며 피식 웃었다.

"이미 다른 검술과 선생님들도 에단 선생님을 좋게 보고 있지 않습니다. 지금 에단 선생님은 마치 아카데미를 위해, 학생들을 위해 수업을 하는 게 아니라 고위 귀족가의 개인교사라도 된 듯한 모습입니다."

"……."

"아무리 지방의 귀족가 출신이시라고 해도, 여긴 아카데미입니다. 어느 귀족 가문에 들어가 출세를 하기 위한 용도가 아니라는 말입니다."

"제가 너무 몰랐나 봅니다."

에단이 순순히 저자세로 나오자, 마르틴스는 슬쩍 미소 짓고는 에단에게 귀엣말을 했다.

"제가 좀 도와드릴 수 있습니다. 선배 좋다는 게 뭐겠습니까. 이번 일은 특히 클라우디 하이드 선생님이 신경을 쓰고 있습니다."

마르틴스는 클라우디 하이드라는 단어에 힘을 주었다. 클라우디는 검술과를 넘어 이베카 아카데미 전체에서도 영향력이 큰 교사였다.

그런 교사가 에단을 안 좋게 보고 있다는 것은, 자칫 잘못하면 아카데미 내에서 소외당할 수도 있다는 뜻이었다.

에단의 표정이 굳어지자 마르틴스가 에단의 어깨를 툭툭 쳤다.

"괜찮습니다. 그걸 도와주려고 내가 직접 찾아온 거니까."

말투도 처음보다 더 편해진 마르틴스가 에단에게 말했다.
"이번 학부모 참관 수업, 제가 말하는 대로 하십시오. 임팩트가 중요합니다. 다들 인정할 만한 임팩트 있는 수업을 하려면 음…… 야외 참관 수업 정도면 괜찮을 것 같군요. 야외 참관 수업! 이게 좋겠어요. 이거면 다른 선생님들도 다 볼 수 있을 거고, 에단 선생님을 인정할 겁니다."
"야외 수업이요? 그거 위험한 거 아닙니까? 교장 선생님께서 허락하시지 않을 겁니다."
"그런 것까지 신경 쓸 겨를이 어디 있습니까. 지금 선생님에게 어떻게든 페널티를 주려고 다들 벼르고 있는데요. 잠시 이쪽으로 오시지요. 더 자세한 이야기를 합시다."
그렇게 말한 순간 그의 눈이 빛나기 시작했다.
"얌전하게."
순간 그 눈빛에 홀린 듯 에단의 눈동자가 탁해졌다.
마르틴스 라네는 씩 웃으며 그를 이끌고 은밀한 곳으로 이동했다.

* * *

빈 강의실.
창고 용도로 쓰고 있는 강의실이라 무척이나 어두웠다.
드르륵.

문을 닫자마자 마르틴스가 씨익 웃으며 에단에게 다가갔다. 이미 에단은 약하긴 하지만 세뇌가 된 상태였다.

설마하니 이렇게 잘 걸릴 줄은 몰랐다.

"에단 휘커스. 너는 이제부터 내 말에 복종하고 내 말만 듣는다."

그는 에단의 어깨를 잡으며 두 눈을 볼 수 있도록 몸을 돌렸다.

그런데 뭔가 이상했다.

탁해서 세뇌가 되었어야 할 에단의 눈빛에 차가움이 맴돌고 있었다.

"세컨드 오더, 정신 못 차리나?"

"어, 어어?"

당황한 마르틴스가 뒤로 물러났다.

"지금 누구한테 세뇌술을 쓴 거냔 말이다. 이 한심한 놈."

"허. 헉!"

마르틴스가 순간 당황한 표정을 지었다.

도대체 이게 무슨 상황이란 말인가.

자신의 직책을 알고 있다. 분명 세컨드 오더라고 했다.

게다가 세뇌도 먹히지 않았다.

순간 마르틴스의 머릿속이 팽팽 돌기 시작했다.

그리고 내려진 결론.

"설마. 새벽회에서 오신 분이십니까?"

"세컨드. 누가 이런 식으로 생각 없이 움직이라고 했

지? 함부로 세뇌를 걸었다가 만약 실패하면 어쩌려고 이 따위 짓을 벌인 거냔 말이다."

그제야 마르틴스의 표정이 새하얗게 변해 버렸다.

확실했다. 새벽회에서 온 위대하신 분이다.

"죄송합니다. 정말 죄송합니다. 제가 큰 실수를 저질렀습니다."

마르틴스의 머릿속에서 퍼즐이 맞춰지기 시작했다.

신입교사 수석인 에단 휘커스. 그 에단 휘커스는 첫 행보부터가 말이 안됐다.

하지만 이게 새벽회에서 제대로 각을 잡고 움직인 거라면?

"회에서 오신 분일 줄은 몰랐습니다."

고개를 푹 숙인 마르틴스는 감히 고개를 들어 에단을 볼 용기가 없었다.

이 모든 것이 새벽회의 계획일 줄이야.

그렇다는 건 눈앞의 에단 휘커스는 사도일 가능성이 높았다.

새벽회의 핵심인 12사도, 그중 한 명이 직접 이베카에 왔다는 것이다.

자신은 그런 사도에게 세뇌를 걸려고 했고 그의 계획을 망칠 뻔했다.

"죄송합니다. 정말로 죄송합니다. 용서해 주십시오!"

마르틴스는 넙죽 엎드려 강하게 이마를 땅에 부딪쳤다.

쾅-! 쾅-! 쾅-!

어느새 이마에 피가 흐르기 시작했으나, 에단은 멈추라는 말을 하지 않았다. 오히려 싸늘한 목소리로 말을 더했다.

"더 안 박나?"

"죄, 죄송합니다!"

그렇게 거세게 이마를 찧기를 반복했다. 이러다가는 정신을 잃을 것 같다고 생각할 때, 에단의 목소리가 들려왔다.

"그만."

"으으으."

마르틴스가 일어나려다 그대로 무릎을 꿇고 쓰러졌다.

그는 확실히 사도였다. 새벽회의 사도가 분명 맞다는 생각이 들었다.

"한심한 놈."

마르틴스는 거의 울기 직전이었다.

5장

5장

　에단은 속으로 웃고 있었다.
　'설마하니 이렇게 쉽게 달의 추종자 놈을 발견할 줄이야.'
　마르틴스 라네 선생은 달의 추종자였다.
　거기다 다른 오더와 달리 확실한 명령서를 가지고 있는 상태였다.
　'이번 학부모 참관 수업에서 은밀하게 움직일 놈 중에서 핵심이 이놈인가 본데.'
　눈앞에서 고개조차 들지 못하는 마르틴스를 보며, 에단은 이번 일에서 성과를 확실하게 뽑아낼 수 있겠다고 생각했다.
　'동시에 달의 추종자 놈들이 자신들의 계획을 방해했다

고 생각하지 않도록 일을 꾸밀 수도 있겠어.'

그럼 에단이 아는 미래가 변하지 않는다.

"마르틴스 라네."

"예, 예!"

"고개를 들어라."

겁먹은 마르틴스가 고개를 들었다.

사도에게 세뇌를 걸으려고 했으니, 이제 죽은 목숨이라고 생각하는 듯한 눈빛이었다.

"너 하나로 인해 대계가 무너질 뻔했다. 마르틴스, 너 같은 쓰레기를 세컨드 오더로 선정한 놈이 누구냐? 그 이름을 대라."

"죄송합니다! 정말 죄송합니다! 제가 너무 섣부르게 움직였습니다. 제발 한 번만 용서해 주십시오."

에단은 마르틴스를 압박했다. 마르틴스는 현재 에단을 사도로 알고 있다.

사도는 달의 추종자들이 소속되어 있다고 믿는 새벽회라 부르는 곳의 절대자들이었다.

'무력도 엄청나다. 내가 알기로 12사도 중 제일 약하다고 평가받는 열두 번째 사도도 무척이나 강해.'

이베카의 교장인 유령검과 비슷하거나 그보다 강할 수도 있었다.

그러니 확실하게 연기를 해야 했다.

"우선 회에서 받은 모든 걸 내놓아라. 본래라면 널 이 자리에서 죽여야 마땅하나, 곧 있을 중요한 대계에 있어 네 행동을 보고 자비를 베풀도록 하겠다."

"예, 예, 알겠습니다. 정말 죄송합니다, 으흑."

마르틴스가 품에서 주머니를 꺼냈다. 그리고 팔에 차고 있던 팔찌와 반지, 그리고 목걸이까지 전부 벗어 내놓았다.

'팔면 돈이 좀 될 아티팩트로군.'

명색이 세컨드 오더다 보니 새벽회에서 받은 게 꽤 많은 듯했다.

주머니도 들어 보니 꽤 묵직했다.

'골드뿐만이 아니다. 다양한 게 들어 있어.'

"명령을 내려 주십시오, 사도시여."

"대계에 대해서 상세하게 이야기해 보도록."

에단의 말에 마르틴스가 마른침을 한 번 삼키고는 말했다.

사도를 알아보지 못하고 세뇌를 걸었으니, 사도가 자신을 의심하는 것도 이해가 갔다.

"이번 학부모 참관 수업에서 문을 여는 게 제 역할입니다."

문을 여는 것.

그게 바로 마르틴스가 받은 명령이었다.

"그럼에도 너는 공을 쌓고 싶어 나를 끌어들이려 했다는 건가?"

"죄송합니다. 회를 위해서 열심히 하려던 것이 주제넘

은 행동이었던 듯합니다. 정말 죄송합니다."

마르틴스가 다시금 허리를 굽혔다.

에단은 빠르게 생각을 정리했다.

'문을 여는 게 본래의 임무였군.'

"조력자를 맞이할 준비는 됐나?"

문을 열어 둔다는 건 외부에서 누군가가 들어온다는 뜻이다. 에단이 대충 때려 맞히자 마르틴스가 고개를 끄덕였다.

"예, 확실하게 준비를 했습니다!"

'퍼스트 오더를 제외한 명령인가?'

퍼스트 오더의 명령서에는 없던 정보였다.

'의도적으로 다른 오더들에게 따로 명령을 내린 것 같군. 퍼스트는 귀한 인재니까. 혹시나 엮여서 죽거나 의심이라도 받는다면 지금까지 투자한 시간이 아까울 테니.'

"나를 알아보지 못하고 세뇌를 걸려고 했으니, 그 조력자에 대해서 알고는 있는지 심히 걱정이 되는구나."

"죄송합니다, 사도시여. 제 명령서에는 조력자가 누구인지 적혀 있지 않았습니다. 문을 열고 외부의 조력자를 맞이하라는 명령만 받아서……."

말끝을 흐리는 마르틴스.

에단은 상황이 대충 어떻게 돌아가는지 파악했다.

외부의 조력자는 아마도 그랜드혼에서 접선해서 올 놈들일 터.

마르틴스가 문을 열면 조력자들이 들어와 대상을 죽일 것이다.

그걸로 마르틴스의 일은 끝이다.

마르틴스도 그 사실을 눈치챘겠지.

그래서 이번 기회로 세컨드 오더에서 퍼스트 오더로 나아가려 한 거고, 그 와중에 에단에게도 손을 쓴 듯했다.

'확실하게 성과를 내야만 더 위로 갈 수 있으니까.'

아마 이베카에 잠입한 이후로 제대로 된 일을 수행하지 못했을 것이다.

수행했더라도 그 일의 핵심이 아니라 징검다리 역할만 했을 터.

'중견 교사니까.'

아마도 초조해졌을 것이다.

에단은 그런 마르틴스의 심리를 꿰뚫었다.

놈은 지금 이걸 또 다시 기회라고 여길 수도 있다.

"그렇다면 대상은 알고 있겠지?"

"예! 알고 있습니다! 뢴트겐 후작이라고 들었습니다."

"그래, 그건 잊지 않고 있으니 다행이구나."

에단의 말에 마르틴스의 얼굴이 다시 굳었다.

'뢴트겐 후작이라, 아카데미의 불안감을 부추기기 딱 좋은 대상이긴 하군.'

"마르틴스 라네."

"예, 사도시여."

"본래라면 여기서 널 죽여야 마땅하다. 하지만 너는 지금까지 잘해 왔다."

에단은 근엄한 어조로 말을 이었다.

"하지만 기억해라. 이렇게 한 번의 실수로 모든 것이 무너질 수 있는 것이다."

"명심하겠습니다, 명심하겠습니다! 사도시여!"

마르틴스가 떨리는 목소리로 외쳤다.

에단은 그런 그의 어깨를 강하게 쥐었다.

"한 번 더 기회를 주마."

"가, 감사합니다!"

"다음은 없다. 명령을 따로 내릴 테니 그 명령에 따르도록."

"예!"

마르틴스가 나가고, 에단은 빈 강의실에 앉아 상황을 정리했다.

'이놈을 부하로 쓰는 건 별로 좋은 생각이 아니야.'

놈을 처리하되 하센 리틀과는 다른 방식으로 없애는 게 좋을 듯했다.

잠시 고민한 끝에 그의 처리 방향을 정했다.

'이번 학부모 참관 수업에서 마르틴스를 영웅으로 만들고 죽인다.'

자연스럽게, 달의 추종자 놈들이 이번 일이 들켰다거나 실패했다고 느끼지 않게 말이다.

＊ ＊ ＊

"당연히 큰 강의실을 써도 된다네, 에단 선생."
"감사합니다, 학부장님."
"그런데 말이야, 정말 마법학부의 수업을 맡은 건 자네의 선택이었나?"
기사학부의 학부장이 에단에게 물었다.
강의실을 허락받기는 했지만, 영 학부장의 표정이 좋지 않았다.
"예, 맞습니다."
에단은 대답하면서 학부장이 왜 저러는지 금세 파악했다.
'마법학부와 기사학부는 전통적으로 라이벌 관계니까.'
에단은 기사학부에 소속된 교사다. 신입 교사로 들어와서 최고의 평가를 받고 있는 중이다.
학생들 중엔 에단이 지방의 귀족이라며 무시하는 이들은 없었고, 모두가 에단의 수업을 한 번이라도 듣고 싶어서 난리였다.
또한 수업을 앞서 듣고 있는 학생들이 그걸 증명했다.
학기 초에 이렇게까지 학구열이 불타는 건 기존 교사들도 처음 보는 현상이었다.
에단의 수업을 듣는 학생들은 단순히 에단의 수업뿐만이 아니라 다른 수업에서도 열심히 하는 모습을 보였다.

이런 모습을 본 게 언제였는지 모를 정도로 열정이 넘쳤다.

그런 에이스 교사가 마법학부의 수업을 맡은 것이니 그럴 수밖에.

"어째서? 지금 검로의 이해 수업을 이끌고 가는 것도 쉽지 않을 텐데. 왜 하나 더 수업을 맡은 건가?"

에단은 미소를 지었다.

지금 중요한 건 진실이 아니었다. 기사학부의 학부장은 에단이라는 훌륭한 신입 교사를 마법학부와 공유하고 싶지 않을 뿐이다.

"저는 기사학부 소속의 교사입니다, 학부장님."

에단의 말에 학부장이 슬쩍 미소 지었다.

"그거야 뭐, 당연하지."

"그 당연한 걸 잊지 않고 있습니다. 제가 마법학부의 수업을 맡기로 한 건 동기인 나디아 선생님의 부탁이 있었기 때문입니다. 원래 그 수업을 나디아 선생님에게 맡기려고 하셨거든요. 하지만 나디아 선생님은 부담을 느끼셨고……."

에단은 상황에 대해서 간단하게 설명했다.

"흐으으음, 종합해 보자면 결국 마법학부의 제안 같은 건 없었던 거군? 자네는 그저 동료 교사를 돕고, 가진 재능으로 새로운 수업을 진행해 보고 싶었던 거고?"

"맞습니다. 좋게 봐주셔서 감사합니다."

"요즘 보기 어려운 훌륭한 교사야, 자네는."

이제야 학부장이 미소 지었다.

팔짱을 끼며 그가 고개를 끄덕였다.

이것으로 완전히 에단에 대한 불신을 떨친 듯했다. 그가 줄곧 의심하고 있던 건 마법학부 학부장이 에단에게 모종의 제안을 건넨 게 아닐까 하는 것이었다.

하지만 에단에게서 의지가 엿보였다.

자신은 어디까지나 기사학부의 교사라는 그런 의지가 말이다.

에단은 학부장의 표정을 보고는 속으로 웃으며 입을 열었다.

지금이라면 자신이 조금 무리한 요청을 해도 들어줄 것 같은 상황.

"그래서 말씀드리는 건데, 저는 기사학부의 교사니까요. 가능하다면 기사학부 쪽 수업을 하나 더 맡고 싶습니다."

"허허허, 당연하지! 에단 선생의 실력이야 이제 의심할 바 없으니까! 이번 검로의 이해 수업이 끝나면 확실하게 내가 챙겨 주도록 하겠네."

배당해 줄 수업이야 이미 몇 개 골라 둔 게 있다.

"수업을 하나 직접 개설해 보고 싶습니다."

"응?"

에단의 말에 학부장이 살짝 얼굴을 굳혔다.

"수업을 새로 개설하고 싶다고?"

"예, 학부장님."

학부장의 얼굴이 다시금 진지해졌다.

기존에 있는 수업을 맡는 것과 새롭게 수업을 개설하는 건 완전히 다른 문제였다.

현재 아카데미 내의 수업 중에서 근래 새롭게 만들어진 수업은 그다지 많지 않다.

"너무 일러. 일러도 너무 이르네. 자네는 이제 막 들어온 신입 교사야. 물론 다른 신입 교사와 달리 확실한 실력도 있고 성과도 있지. 아카데미 내에서의 평가 또한 훌륭해. 하지만 아직 자네는 경험이 부족하네. 물론 이 경험이란 건 절대적인 시간이 부족하다는 소리야."

학부장이 부드럽게 타일렀다.

"새로운 수업을 개설하려면 경력이 더 필요하네. 웬만한 교사라면 5년은 쌓여야 할 정도지. 그쯤 되면 어떤 식으로 가르쳐야 할지, 어떤 걸 가르쳐야 할지 자신만의 방법이 정해지니 말이야. 하지만 아직 자네는 너무 경력이 부족해."

명백한 거절이었다.

하지만 에단은 학부장이 바로 허락할 거라 생각하지 않았다.

학부장의 말처럼, 1년도 안 된 신입 교사가 지금까지 새로운 수업을 개설한 적은 없었으니까.

"하긴 맞는 말씀이십니다. 아직 저는 1년 차 교사니까요."

"자네의 능력이 대단하다는 건 나도 인정하네. 하지만 너무 급해. 조금 여유를 가져 보게."

에단이 아쉬운 듯한 표정을 지었다.

그리고 살짝 침묵하고는 이내 다시 입을 열었다.

"사실은 포션 제조학 수업을 맡고 난 후에 마법학부 학부장님께 제안을 받은 게 있었습니다."

에단의 말에 기사학부 학부장의 표정이 싹 변했다.

"……제안? 무슨 제안?"

"생각보다 제가 포션 제조학 수업을 잘 이끌어 나가서 그런지, 아예 새로운 수업을 맡아서 진행하는 건 어떠냐고 하시더군요."

에단이 그렇게 말하며 곤란한 표정을 지었다.

"물론 저는 거절했습니다. 저는 기사학부의 교사니까요."

"새로운 수업을 개설해서 맡아 달라고 한 건가? 마법학부 학부장이?"

"구체적으로 말씀하신 건 아니었습니다만……."

에단이 말끝을 흐렸다.

물론 그런 말을 들은 적이 없지만 상관없다.

어차피 사실 검증이 될 일이 없을 테니까.

전통적으로 기사학부와 마법학부는 학생뿐만 아니라 교사 간에도 라이벌 의식이 있었다.

"안 되겠군."

학부장이 혀를 찼다.

"음, 그럼 일단 자네가 개설하려는 새로운 수업의 주제를 물어도 되겠나. 수업을 새로 개설하고 싶다고 했으니 그 정도는 준비되어 있을 텐데. 에단 선생."

학부장은 절대로 마법 학부 쪽에 에단을 내어주지 않겠다는 의지가 확고해 보였다.

'이 정도면 개설하려는 수업이 어떤 거냐에 따라 허락을 해 줄 수도 있겠어.'

물론 학부장의 허락은 첫 번째 장애물일 뿐이다.

그 다음은 교장의 허락을 맡아야 하지만, 에단은 교장의 허락을 받을 수 있는지에 대해서는 그리 크게 신경 쓰고 있지 않았다.

"물론입니다. 실전 검술학 개론입니다."

에단의 말에 학부장의 눈이 크게 뜨였다.

"실전 수업을 하겠다고?"

실전 수업은 중요하다.

하지만 그 중요성에도 불구하고 수업으로 만들어지는 경우는 거의 없었다.

"실전 수업은 아예 불가······."

불가능하다는 말이 나오기도 전에 에단이 입을 열었다.

"걱정하지 마십시오. 강의실에서 할 겁니다. 몬스터를 상대로 하지 않을 겁니다. 거기다 대련도 아닙니다."

"……그럼 도대체 어떤 실전 수업을 하겠다는 건가?"
"제가 생각해 둔 방법이 있습니다."
자신감 넘치는 에단의 태도에 팔짱을 끼고 있던 학부장이 후, 하고 한숨을 내쉬었다.
"자네가 계획해둔 게 있다면야 일단 나는 허락해 줄 수 있네. 하지만 강의 개설은 나만 허락한다고 되는 게 아니야. 알고 있겠지?"
"예. 교장 선생님께서 최종적으로 거절하신다면 저도 포기하도록 하겠습니다."
"잠깐 기다리게나."
학부장이 빠르게 방을 나섰다.
그리고 30분가량이 지나 돌아온 학부장은 거친 숨을 몰아쉬고 있었다.
"도대체 뭔가?"
"어떻게 되었습니까?"
"교장 선생님께서……."
학부장은 자신이 말하고도 믿기지 않는다는 듯한 표정을 지었다.

* * *

"허락하셨다네."
교장에게 보고를 하러 갔다 온 학부장은 설마하니 교장

이 이 건을 허락할 거라곤 꿈에도 생각하지 못했다.

"지금껏 없던 일이야, 에단 선생. 신입 교사가 각각 학부의 수업을 하나씩 맡는 것도 모자라 새로운 수업의 개설까지 허락받다니, 그것도 실전 수업에 대한 개설을 말이야!"

지금껏 전례가 없던 일이었다. 20년 이상을 이쪽에 몸담아 일해 오며 수많은 인재들을 봐 왔다.

개중에 이런 교사가 또 나올까 싶을 정도로 대단한 이들이 많았다.

과거엔 검제가 있었고 현재엔 클라우디 하이드가 있었다.

그러나 눈앞의 신입 교사는 그 두 명을 합친 것보다도 더 충격적이었다.

클라우디만큼의 수업 재능이 있었고, 검제만큼 검에 대한 재능이 출중했다.

하나만 가지고 있어도 마스터가 될 수 있을 텐데.

에단은 두 재능을 모두 가지고 있었다.

"자세한 설명을 들으실 거라고 생각했는데, 바로 허락해 주셨군요."

"도대체 어떤 방식으로 실전 수업을 하려는 건가? 야외 수업도 안 하겠다, 몬스터도 안 쓰겠다, 거기다 학생들끼리의 대련도 아니라고 했잖나?"

"골렘을 이용한 실전 강의입니다."

"골렘을 이용한 실전 강의?"

에단은 자신의 수업 계획표를 기사학부 학부장에게 보여 주었다. 학부장은 계획표를 끝까지 읽고는 의아한 표정을 지었다.

"이게 가능한 건가? 골렘이 이런 일을 할 수가 없을 텐데? 우리 이베카 수준의 학생들이라면 골렘의 움직임은 아주 쉽게 파악할 거라고."

"일반 골렘이 아닙니다. 특수한 골렘을 사용할 거고, 그 골렘은 실전에 가깝게 움직일 겁니다."

"말도 안 돼. 그런 골렘이 도대체 어디 있단 말인가?"

"만들었습니다."

"만들었다고?"

"네, 저와 제 호위가 말입니다."

더 이상 놀랄 것이 없다고 생각했건만, 학부장은 도대체 이 에단 휘커스가 가진 재능이 어디까지인지 알 수가 없었다.

"그럼 허락하신 걸로 알겠습니다. 2학기 수업은 이 실전 검술학 개론으로 진행하겠습니다. 허락해 주신 교장 선생님께는 제가 별도로 말씀을 드리도록 하겠습니다."

"에단 선생."

학부장이 진지한 표정으로 그를 불렀다.

"2학기에는 마법학부와 교류전이 있네. 아마 클라우디 선생도 후보로 나오겠지만 클라우디 선생과 경쟁을 해 줬으면 좋겠네."

에단은 대답하지 않고 그저 고개만 꾸벅 숙였다.

학부간 교류전은 겨울에 있을 가장 큰 축제, 아카데미 교류제를 위한 연습이라고 볼 수 있었다.

이렇게 된 이상 학부장 또한 교장의 뜻을 따를 수밖에 없었다. 이미 교장은 면접을 볼 때부터 에단의 잠재력을 느끼지 않았는가.

기존의 룰에 따라 다뤘다가는 그 잠재력을 펼칠 수가 없게 될 것이다.

'이젠 단순히 신입 교사라고 생각하지 않는 거겠지.'

에단이 고개를 끄덕이자마자 동시에 알림창 두 개가 떴다.

-기사학부 학부장이 당신에게 신뢰를 보냅니다!
-최단 시간 경신!
-명성이 큰 폭으로 오릅니다!
-새로운 수업을 개설할 권한을 얻었습니다!
-최단 시간 경신!
-명성이 큰 폭으로 오릅니다!

기사학부 학부장의 신뢰, 그리고 새로운 수업 개설 권한.

이 두 가지 다 신입 교사가 맡는 게 불가능한 일이었

다. 때문에 에단은 그에 대한 확실한 보상을 받았다.

 그 만족스러운 보상에 에단은 옅게 미소를 지으며 고개를 숙였다.

 "열심히 해 보겠습니다."

* * *

 달의 추종자들의 접선일.
 에단은 이 접선일 전까지 매일 같이 그랜드혼을 올라 사냥을 했다.
 그 결과 실전 감각을 끌어올린 건 물론이고 원했던 업적까지 하나 더 얻을 수 있었다.

 -업적을 달성하셨습니다!
 -[늑대 학살자] 업적 달성에 따라 좋아요를 획득했습니다.
 -좋아요를 '5'만큼 얻었습니다!

 "늑대를 하도 많이 잡았더니 늑대 가죽이 너무 많아졌어."
 현재 에단의 아공간 주머니에는 수많은 재료들이 들어가 있는 상태였다.
 언젠가 걸출한 대장장이에게 재료들을 맡겨 장비를 만들려고 모아 두고 있었는데, 여러 가지로 할 일이 많아 사용하지 못하고 있는 상태였다.
"학부모 참관 수업이 끝나면 대장장이를 찾아 봐야겠군."
이 근처에 있는 대장장이 유망주 하나를 알고 있다.
아마도 지금은 도제로 지내고 있을 텐데, 조금만 시간을 지체하면 골드핸드가 되어 유명해질 테니 빨리 찾는 게 좋을 듯했다.
에단은 그랜드혼에 올라 대도적의 극의를 사용했다.
오늘은 사냥을 할 예정이 없다. 아주 조용히 접선하는 추종자 놈들을 기다릴 생각이었다.
'조심해야 한다.'
이 외부 조력자들은 달의 추종자 놈들이 이번 학부모 참관일의 계획을 수행하기 위해 보내는 놈들이었다.
'그쪽에서도 이베카 아카데미는 꽤 중요하거든. 이베카가 몰락해야 놈들이 하려는 일들을 하나씩 진행할 수 있을 테니까.'
그러니 추종자 쪽에서도 이 계획을 확실하게 통제할 수 있는 인재를 보낼 것이다.
'사도는 오지 않아.'
사도는 엉덩이가 무거운 인물들.
그렇다면 아마 퍼스트 오더급이 올 것이다.
하센 리틀처럼 잠입 용도로 쓰는 퍼스트 오더가 아닌, 내외부의 임무를 맡을 수 있는 인력이 올 것이다.

조용히 기다리고 있자 소리 없이 누군가가 다가왔다.
새카만 로브를 뒤집어쓴 달의 추종자가 표식이 있는 쪽으로 다가갔다. 자연스럽게 명령서를 확인한 뒤 안쪽으로 이동했다.
에단은 그의 뒤를 쫓았다.
꽤 깊숙하게 들어간 달의 추종자 놈이 그 자리에서 가만히 섰다. 그러자 반대 방향에서 똑같은 로브를 입은 사내가 나타났다.
"왔군."
에단은 둘을 확인하자마자 뒤로 물러났다.
그리곤 저 둘이 내려다보이는 위치에 자리를 잡았다.
'이 정도면 되겠어.'
그러자 그의 귀에 목소리가 들려왔다.
"이번 일, 상당히 중요하다. 배신자 놈과 함께 후작 하나를 죽여야 한다. 이번 일을 성공시키지 못하면 유령검은 흔들리지 않는다."
"그런데 굳이 이렇게 하는 이유가 있나? 우리 쪽에서 암살자 몇 명을 보내서 죽이면 되는 일인데."
"쯧, 짐승만 다루다 보니 사람 상대하는 일은 감이 떨어진 건가?"
"말조심해라. 죽기 싫으면."
"암살자를 보내 죽이면 그건 아카데미의 탓이 되지 않아. 우리는 지금 이베카를 철저하게 바닥으로 떨어뜨리기 위해 일을 벌이는 거다."

"짐승 놈이 들어와 사람을 물어 죽이는 편이 더 임팩트가 크다, 이거군."

"그래, 몬스터야 얼마든지 컨트롤할 수 있는 대상으로 보지 않나. 그게 드래곤이 아닌 이상 말이지."

드래곤은 자연재해니 갑자기 나타난다 해도 아카데미의 탓을 할 수 없다. 하지만 몬스터는 다르다.

강력한 몬스터든 약한 몬스터든, 아카데미에 나타난 몬스터를 처리하지 못해 피해가 생긴다면 그건 아카데미의 탓이 된다.

"평판을 낮추고 그 불안감을 계속해서 증폭시킨다."

"그래, 그러면 내가 뭘 하면 되지?"

"이 그랜드혼엔 주인이 둘이 있다. 하나는 산왕 백호, 그리고 또 하나는 황금 늑대지. 너는 산왕 백호에게 목줄을 걸어 놈을 길들이도록. 길들인 그놈을 학부모 참관 수업 날 풀어 버리는 거다. 백호는 대상을 죽이고 거기서 함께 죽는다."

"그래서, 그 대상은?"

"빌어먹을 배신자, 드리치와 뢴트겐 후작이다!"

"드리치라, 그놈이 결국 배신을 했군. 우리 쪽 정보를 신성제국에 팔아 넘겼나?"

"그래, 그걸로 작위를 얻었지. 멍청한 놈. 거기다 새롭게 살아 보겠다고 아카데미에 들어갔더군."

"이번 일, 여러 가지 이유가 섞여 있군. 뢴트겐 후작은 눈을 흐리기 위함이겠고."

"이제야 감이 좀 돌아오나? 그래, 뢴트겐 후작은 우리와 연관성이 없다. 그리고 마침 적당한 게 지위 또한 높지."

이번 일에서 이들의 목표는 두 개였다.

하나는 배신자의 처단, 그리고 다른 하나는 아카데미를 흔드는 일이었다.

"확인했다. 아카데미 내에선 마나가 제한된다고 했지? 그럼 아주 쉽겠군."

로브 안에서 씩 웃고 있다는 게 느껴졌다.

"그럼 금세 목줄을 걸고 오지. 그때 보자고."

"새로운 세계를 위해."

두 사내가 그대로 찢어져 동시에 다른 방향으로 움직였다. 그 모습을 끝까지 지켜본 에단은 몬스터에게 목줄을 걸러 간다는 추종자 쪽으로 달렸다.

'계획을 정리한다.'

이번 학부모 참관 수업 때 달의 추종자 놈들의 계획을 확실하게 알게 되었다. 희미했던 부분까지 전부 알게 되었으니.

'미리 막는 건 의미가 없어. 그렇다고 내가 전면에 나서서 막는 것도 좋은 방법은 아니야.'

미리 막거나 에단 자신이 전면에 나서면 쓸데없이 달의

추종자 쪽의 시선만 끈다.

그러니 자연스럽게 이번 일을 이용해야 한다.

'배신한 놈은 그대로 죽이되 뢴트겐 후작이 아니라 다른 놈을 죽이면 되겠어.'

드리치라는 놈은 한 번 배신한 놈이다.

그런 놈은 또 배신하는 법. 놈을 처리하는 것은 확정이다.

'거기에 마르틴스 라네를 넣는 게 좋겠군.'

마르틴스 라네를 주연으로 설정해 놓고 사이드엔 자신이 위치한다.

'나는 거기에 손을 얹어서 명성과 학부모들의 신뢰만 얻으면 된다.'

에단은 단숨에 계획을 수립했다.

'조금 더 가까이 가야 할 텐데.'

에단은 현재 추종자와 꽤 거리를 벌려 두고 있었다. 그가 사용하는 대도적의 극의는 현재 숙련도가 그리 높지 않았다.

'마족에게도 통할 정도긴 했지만, 저놈들은 본래부터 은밀 기동에 특화된 놈들이니까.'

그렇다면 마족보다 기감이 높을 가능성이 있다.

기습으로 단숨에 죽이는 것도 쉽지 않다.

'어떻게 할까…….'

에단이 그렇게 조금씩 거리를 좁히던 도중, 순간 추종

자가 뒤를 돌아보았다.

그와 동시에 에단이 있던 쪽에서 거대한 무언가가 쾅, 하는 소리와 함께 추종자에게 달려들었다.

마치 태산이 움직이는 듯한 모양새였다.

"큭!"

"이곳은 성지다. 더러운 걸 쫓는 더러운 인간이 올 곳이 아니다."

"짐승 새끼가 말도 하는군!"

새하얀 털과 갈기.

그랜드혼의 주인, 산왕 백호였다.

'후, 덕분에 안 들켰군.'

하지만 확실히 알았다.

대도적의 극의로 달의 추종자의 고위직들을 상대할 땐 조심해야 한다는 걸.

'숙련도를 더 높여 둬야겠어.'

에단이 지켜보는 사이, 백호와 추종자 간의 격렬한 싸움이 벌어졌다.

산왕이라는 이름에 걸맞게, 백호가 앞발을 한 번 휘두를 때마다 땅이 부서지고 주변으로 파동이 퍼져 나갔다.

달의 추종자는 그런 백호의 움직임을 피하기 급급했으나, 손에 든 황금색 목줄만 걸면 된다는 듯 어떻게든 타이밍을 잡아 손을 뻗었다.

콰앙-!

백호의 속도가 빨라졌다.

순간 움직임을 놓친 추종자의 어깨가 그대로 갈려 나갔다. 깊은 상처가 생겼지만 그걸 대가로 달의 추종자는 품에서 뭔가를 뿌리는 데 성공했다.

"크륵!"

"너처럼 사람 말을 흉내 내는 영물들은 말이다. 신성한 힘이 자연스레 깃들거든. 특히 너는……."

로브를 입은 추종자가 후드를 거칠게 벗었다.

그는 이를 드러내며 웃고 있었다.

"우리가 찾고 있던 그 기운이 느껴지는구나. 설마하니 일이 풀려도 이렇게 잘 풀릴 줄이야."

"크르르르르릉!"

"짖어라, 더 크게! 그럴수록 마기가 네 안에 더 크게 스며든다. 마기는 네 정신을 갉아먹고 널 혼란에 빠뜨리겠지. 그걸로 끝이다. 너는 이 황금 목줄에 길들여지는 거지."

"이, 이게 대체……."

"네가 가진 신성한 힘을 무력화시키는 진한 마기다. 우리의 신께서 내려 주신 비기지."

달의 추종자가 크게 웃었다.

산황 백호가 무력하게 비틀거리며 시커먼 피를 토해 내기 시작했기 때문에.

"잘 버티는구나."

달의 추종자는 백호를 써먹어야 했기에 더 이상 상처를

내지 않았다. 대신 품에서 아까 뿌렸던 것과 비슷한 가루를 더 꺼내 손에 쥐었다.

그리고 그것을 뿌리려던 그 순간.

휙-!

달의 추종자가 그대로 뒤로 돌아섰다. 동시에 가루를 거칠게 바닥에 뿌리고는 허리춤의 얇은 검 하나를 뽑아 휘둘렀다.

까앙-!

샤아아아악-!

검과 검이 부딪치자마자 주위로 냉기가 퍼져 나갔다.

"웬 놈이냐."

"지나가던 동물 애호가다."

"……동물 애호가?"

에단의 말에 달의 추종자의 이마에 핏줄이 솟았다.

                * * *

"팔 한쪽이 잘리고도 그딴 농담을 할 수 있는지 보자."

일단 베어 놓고 생각하겠다는 듯, 달의 추종자가 검을 휘둘렀다.

아카데미의 기본 검술로 뤼비네이드 검술이 있는 것처럼, 달의 추종자 내에도 회에 속한 이들에게 내리는 검술이 있었다.

베인 자조차 베였다는 걸 일곱 걸음을 걷고 깨닫는다는 세이드 검술이 그 기본 검술이었다.
　물론 배우기 쉽게 개량한 걸 배포했지만, 이 달의 추종자가 배우고 있는 건 원본에 가까운 세이드 검술이었다.
　순간 인지하지 못할 정도로 빠르게 검이 날았다.
　정확히 에단의 어깨를 노린 일격이었다. 죽일 생각이 없었기에 의도적으로 목이 아닌 어깨를 노렸다.
　'잡았다!'
　달의 추종자는 공격이 성공했음을 확신했다.
　이미 가속이 붙었고, 여기서 피하려면 이보다 더 빨리 움직여야 한다.
　게다가 아까 습격을 할 때 에단의 속도를 확인했다.
　쐐애애애애액-!
　그리고 그 확신은 들어맞았다. 에단이 공격을 피하지 못하고 그대로 추종자의 검에 맞았으니까.
　"아니!"
　그러나 그저 맞은 것뿐, 어깻죽지를 관통해야 했을 그의 검은 에단의 어깨에 그대로 막혔다.
　"이게 무슨……."
　당황한 달의 추종자를 앞에 두고 에단이 한 발 앞으로 나서며 파고들었다.
　"만인지적."

-피해를 흡수합니다!
-피해가 쌓였습니다.
-쌓인 피해 [56%]

에단이 흡수한 피해를 그대로 검에 둘렀다. 그리곤 몸을 낮추며 자세를 잡았다.
그의 몸에는 활기가 돌고 있었다. 돌진하기 직전 오행침법을 통해 몸을 강화한 상태였다.
"문포스."
샤아아아아아악-.
사선으로 검을 베는 것과 동시에 냉기가 폭발적으로 터져 나왔다. 설마하니 여기서 죽을 거라곤 생각하지 못했는지, 달의 추종자가 경악한 표정 그대로 얼어붙었다.
"후우우."
에단이 새하얀 숨을 내뱉었다.
맨 처음 문포스를 사용했을 땐 이 한 번의 일격으로 정신을 잃었었다.
하지만 지금의 에단은 다르다.
"한 번 정도는 쓸 만한데."
물론 오행침법에 이어 만인지적의 힘까지 더해지긴 했다.
"아마 내가 누군지 궁금했겠지. 그러니 세이드 검술로 어중간하게 어깨를 노렸을 거고."

만약 목을 노렸으면 만인지적을 사용하지 않고 서리검으로 막았을 것이다. 하지만 그는 어깨를 노렸다.
"나는 너희들에 대해서 다 알고 있으니까."
그냥 베어 낼 수 있다.
에단이 천천히 서리검을 검집에 넣었다.
엄청난 한기를 내뿜던 서리검이 검집에 들어가자 검명을 멈추었다.
"만인지적이 확실히 대단해."
달의 추종자가 자신을 죽이려 들지 않았다고 한들 세이드 검술의 강력한 일격은 확실히 위협적이었다.
그러나 만인지적은 그 대미지를 모두 흡수하고 방출해 냈다.
"최강의 방어는 공격이라."
에단은 항우의 구독 후기의 방향성을 대충 잡은 채로 고통스러워하는 산왕에게 다가갔다.
"크르르르, 크르르륵—!"
"진정해, 그대로 가다간 그냥 호랑이가 되어 버릴걸? 산왕이라는 이름은 사라지게 될 거야."
"비, 빌어먹을 인간……."
"같은 인간이긴 한데, 아까 못 들었어? 난 동물 애호가라고."
백호는 힘을 다 잃어 가면서도 에단을 위협했지만 말 그대로 이빨 빠진 호랑이에 불과했다.

그래서 에단은 신경 쓰지 않고 그 자리에서 탕약 하나를 만들어 냈다.

백호의 상태를 호전시킬 수 있는 탕약이었다.

"살려 주마. 대신 나랑 거래 하나 하자."

"거, 거래……?"

"그래, 거래. 내가 널 살려 줄 테니, 내 명령에 따르도록."

"헛소리 마라! 크르르릉-! 네놈도 똑같은 인간에 불과하다! 나는 네놈들과 같은 족속들은 절대 믿지 않는다!"

백호가 단칼에 거절했다.

에단은 그런 백호를 잠시 지켜보다가 탕약 하나를 더 만들었다.

그리곤 그대로 백호를 향해 뿌렸다.

"크르릉-!"

갑자기 뿌려진 무언가에 격하게 반응하던 백호가 순간 움직임을 멈췄다.

그는 놀라 자신의 몸을 내려다보았다.

"상처가……."

상처가 치료되고 있었다.

탕약을 뿌려서 치료 효과가 강하진 않았지만, 나아지고 있는 것은 확실했다.

"죽이려고 했다면 진작 죽였을 거고. 길들이려고 했으면 진작 길들였겠지."

에단의 말에 백호가 에단을 빤히 쳐다보았다.
"도대체 뭘 원하느냐. 인간."
"명령이라는 말이 조금 듣기 싫다면 다시 말하마. 널 살려 줄 테니. 내 부탁 하나를 들어다오."
에단이 씩 웃으며 백호를 보았다.
"너, 범인 해라."

* * *

호루스는 놀람을 감추지 못했다.
"미쳤군. 이건 미쳤다. 아무리 내 능력이 대단하다고 한들 이 정도까지는 아니라고."
호루스의 구독자 수와 좋아요 수가 폭발적으로 상승하고 있었다.
호루스는 [신세계]에서 영상보다는 굿즈 판매로 구독과 좋아요를 모으는 신이다. 그 말인즉슨 사실상 영상은 굿즈를 위한 영상이라는 뜻이다.
굿즈의 가격은 무려 좋아요 열다섯 개.
비싼 가격이었지만 가치에 비해 비싸다고는 생각하지 않았다.
"아, 아니……."
하지만 이렇게까지 팔릴 거라고는 생각하지도 않았다.
에단의 구독 후기가 대단하다는 건 이미 알고 있었고,

구독 후기가 올라오면 분명 이전보다 더 나은 순위로 올라설 수 있다는 것도 알고 있었다.
그런데 이 정도일 줄이야.

-호루스의 눈, 비싸긴 하지만 확실히 가성비가 좋네요.
-사면 바로 쓸 수 있고, 사용할 수 있는 방식도 많아서 너무 좋습니다.
-눈이 조금 아프긴 하지만 쓸 만합니다!
-[제대로 된 신만 구독함] 님 구독 후기 보고 구독합니다. 확실히 그분이 구독할 만하네요.

호평으로 가득한 구독 후기들이 즐비했다.
또한 에단이 올린 구독 후기에도 좋아요가 잔뜩 찍혀 있었다.
"무서울 지경이군. 이 수많은 구독자들이 구독 후기 하나로 이렇게 흔들릴 수 있다는 건가?"
호루스는 에단이 작성해 준 구독 후기를 보았다. 글과 영상으로 이루어진 구독 후기는 확실히 호루스를 구독하면 얻을 수 있는 능력에 대해서 상세히 정리되어 있었다.
"이거군."
에단의 구독 후기를 반복해서 본 호루스는 이 구독 후기가 어째서 인기가 있는 건지 이해했다.
"우리와 같은 신을 구독했을 때 얻는 능력들을 가슴 뛰게 영상으로 만들어 놨어."

거기다 그 능력을 활용하는 방법까지 제시해 주고, 어떤 상황일 때 구독하는 게 좋다는 이야기까지 써 놓았으니.

사실상 이 [제대로 된 신만 구독함]의 구독 후기는 이 정표라 할 수 있었다.

"구독자들은 효율을 생각하니까."

이를테면 이건 공략인 셈이다. [신세계]의 공략법.

"크흐흐흠."

거기까지 생각한 호루스는 새어 나오는 미소를 주체하지 못했다.

"내가 그 공략법에 한 축을 담당하고 있다니."

이렇게 기분 좋을 수가 없었다.

"굿즈 하나로 끝낼 수 있겠어? 안 되겠군. 나의 새로운 프리미엄 구독자를 위해선 이대로 있을 수 없겠어!"

호루스는 유일한 프리미엄 구독자를 위한 새로운 굿즈를 준비하기 시작했다.

* * *

"크륵, 크르륵."

백호는 자신의 앞발을 부르르르 털었다.

방금까지 있던 고통과 어지러움이 거짓말처럼 사라진

상태였다.
 회복한 백호는 저 옆에서 자신을 죽이려 했던 인간의 품을 뒤지고 있는 다른 인간을 보았다.
 "오, 쓸 만한 게 많군. 이걸로 몬스터를 길들이는 건가? 이건 아까 백호에게 던져 신성력을 없애려던 거고."
 "덕분에 회복했다."
 물건을 챙기던 에단에게 백호가 크르릉 우는 소리와 함께 말을 걸었다.
 "아까 했던 말, 내가 제대로 들은 게 맞나?"
 "맞아, 살려 줬으니 확실하게 이행해야겠지? 아까 내가 말한 그대로야. 그걸로 거래는 완료되는 거고."
 에단이 그렇게 말하고는 달의 추종자에게서 얻은 황금색 목줄을 이리저리 흔들었다.
 "왜 그렇게 하려는 거지? 방금 그 인간을 죽였다는 건 그 인간이 하려던 걸 막으려던 게 아닌가. 그렇다면 내가 이베카에서 날뛸 이유가 없을 텐데."
 "이번 계획은 그대로 진행이 되어야 하거든. 물론 죽어야 할 사람은 그대로 죽고, 죽지 않아야 할 사람도 죽는 방향으로 말이야."
 백호는 순간 에단의 말뜻을 깨달았다.
 "숨겨야 할 게 있나?"
 "그래."
 "그렇다면 알겠다. 목숨을 살려 줬으니. 하지만 난 지켜야 할 게 있다. 그래서 함부로 여길 벗어나지 못해."

"지켜야 할 것?"

잠시 에단을 바라보던 백호가 등을 돌렸다. 그러고는 따라오라는 듯이 앞으로 빠르게 움직였다.

에단은 그의 뒤를 따랐다.

그렇게 10분가량 따라가니 절벽이 나왔다. 그 절벽을 백호가 그대로 미끄러지듯 내려가니 이내 모습이 사라져 버렸다.

"음."

에단은 절벽 끝에 서서 밑을 보았다. 바닥이 보이지 않는 절벽이었다. 에단은 아까 백호가 보인 것처럼 절벽을 타고 그대로 쭉 내려갔다.

그렇게 아래로 내려가던 도중, 백호가 그의 뒷덜미를 물고 그대로 내팽개치듯 뒤로 던졌다.

공중제비를 돌고 완벽하게 착지한 에단은 백호가 지키고 있는 게 무엇인지 알게 되었다.

"이건……."

"내가 지키고 있는 곳이 바로 여기다. 나는 그분의 은혜를 받고 그분의 사자가 되었다."

"호랑이잖아."

"……."

백호가 경멸 어린 눈빛으로 에단을 보았다.

'근데 이거…….'

에단은 아무렇지 않은 척 입구를 보며 턱을 쓰다듬었다. 어디서 많이 본 입구였다.

마치 신전의 입구 같은…….

에단은 혹시나 하는 마음에 천천히 서리검-레아를 뽑아 들었다. 서리검에 문포스의 힘이 그대로 퍼지기 시작했다.

"헛!"

순간 산왕 백호가 자신도 모르게 입을 쩍 벌렸다.

"여, 여신의 후예였…… 아니, 후예셨습니까?"

산왕 백호가 지키고 있던 건 달의 여신 문포스의 신전이었다.

상황 파악이 순식간에 끝난 에단은 어느새 진중한 얼굴이 되어 백호를 돌아보고 있었다.

"여신께서 네 위험을 감지하셨노라. 그 후예인 내가 그랜드혼의 산왕을 지키러 왔다. 지금까지 여신님의 신전을 잘 지키고 있었군."

"크르릉!"

백호가 눈을 감고 으르렁거렸다.

오랜 세월 이 신전을 지켜 왔다. 여신은 응답하지 않았으나 언젠가 입었던 그 은혜를 갚는다 생각하며 지내 왔다.

'먹혔나.'

에단은 모르겠다는 생각을 하며 곧장 문포스의 신전으

로 들어갔다.

*　*　*

－문포스의 신전을 찾았습니다!

 이쪽 문포스의 신전은 에단이 이전에 찾았던 두 신전보다 훨씬 더 깔끔하고 거대했다.
 중앙의 동상도 그대로였고 제단도 깔끔했다.
 무엇보다 이전의 신전에서 보기 힘들었던 기도를 위한 기다란 의자들까지 있었다.
 "열심히 지켜 왔습니다. 여러 놈들이 이곳을 찾아 들어오려 했지만 여신님께서 주신 이 이빨과 발톱으로 물리쳤습니다."
 산왕이 뿌듯한 목소리로 말했다.
 "설마하니 여신님의 후예셨다니, 그럼 앞에 했던 말들은……."
 "여신님의 임무를 수행 중이다."
 "그러셨군요. 그래서 숨기시는 거였군요. 아까 그 못된 인간 놈의 마기에 당해 제대로 그 힘을 못 알아봤습니다. 죄송합니다."
 이제야 다 이해했다는 듯, 산왕이 그르릉, 울음소리를 냈다.

"잘 알겠습니다. 제가 도울 수 있는 거라면 무엇이든 다 돕겠습니다, 후예님."

이곳을 지켜야 하지만 중요한 건 신전이 아니라 여신이다. 여신의 임무를 받은 후예라면 모든 걸 다 제쳐 두고 도와야 했다.

산왕 백호가 여신의 동상 앞으로 가 그 자리에 엎드렸다.

이곳의 동상은 눈을 감은 문포스가 두 손을 펼치며 마치 안아 주는 듯한 형상을 취하고 있었다.

그 아래 백호가 기도했다.

에단 또한 천천히 동상 앞에 섰다.

-기도하시겠습니까?

에단은 조용히 눈을 감고 기도했다.

'어쩌다 보니 찾아왔습니다. 그래도 신전을 지키고 있던 백호를 구했으니, 여러모로 잘 부탁드립니다.'

샤아악-.

에단의 머리 위로 문포스의 축복이 내렸다.

-달의 여신이 당신에게 축복을 내립니다!
-직업이 성장하였습니다.

이전처럼 신전의 위기를 직접적으로 구한 건 아니어서 그런지 드라마틱한 보상은 없었다.

 하지만 확실하게 직업은 성장했다.

 '별 하나가 더 생겼군.'

 이제 이걸로 모든 스탯이 +30이 되었다.

 '몸이 한층 더 가벼워.'

 에단은 서리검-레아를 들고 그 자리에서 몇 번 휘둘러 보았다. 확실히 이전보다 들어가는 힘이 달라졌다.

 산왕 또한 기도가 끝났는지 자리에서 일어섰다.

 "계획을 설명하마. 이틀 뒤 학부모 참관 수업의 그날, 너는 내가 말한 대로 두 명을 죽이면 된다. 그리고 적당히 두 교사에게 당해라."

 "알겠습니다, 후예시여."

6장

6장

　예리카는 론드 후작령에서 이름난 대장장이의 도움을 받아 흑단목 골렘을 만들었다.
　기념비적인 첫 골렘이었다.
　말끔하고 새카만 몸체.
　타원형의 머리.
　팔과 다리는 마치 인형과 같은 모양새라 손가락도 발가락도 없었지만, 전체적으로 봤을 땐 사람과 비슷한 모양새였다.
　대장장이는 예리카가 처음 만든 것 치고는 골렘을 굉장히 잘 만들었다며 칭찬했다.
　그렇게 만들어진 최초의 골렘을 가지고 집으로 돌아온 예리카는 마무리 작업에 돌입했다.

골렘의 몸체를 만들고, 이 골렘에 마법을 부여하면 헤카테의 특수 골렘 완성이었다.

"이젠 예리카의 특수 골렘이 되는 거야."

그렇게 골렘에 마법진을 새겨 특수 골렘을 완성함과 동시에 에단이 집으로 돌아왔다.

"딱 맞춰서 오셨군요."

"오, 완성했구만."

에단은 예리카가 만든 최초의 특수 골렘을 보았다.

"어때요? 생각하신 그대로 나왔죠?"

만들어진 골렘은 에단이 알고 있던 골렘과 비슷했다. 물론 이쪽은 프로토 타입이라 어색한 부분이 많았지만, 외견적인 모습으로는 꽤나 만족스러웠다.

"잘했어, 예리카."

"금제를 풀어 주신 덕분이죠."

에단이 2단계 금제를 풀어 준 덕분이기에 예리카는 퍽 만족스러웠다.

"이제 이건 어떻게 쓰실 건가요?"

"학부모 참관 수업 이후엔 이 흑단목 골렘을 이용해서 수업을 할 생각이야."

"그럼 가장 중요한 건 움직임이겠네요? 실전 수업을 하려면 이 골렘이 실전을 방불케 하는 움직임을 취해야 할 테니까요."

"그래서 내 움직임을 그대로 기억시킬 생각이야. 휘커

스 검술을 바탕으로 뤼비네이드 검술과 여러 검술을 섞어서."

그걸 메인 베이스로 삼고 각각의 학생들의 검술을 일격 혹은 삼격 이내에 파훼할 수 있는 움직임까지 넣을 생각이었다.

에단은 이미 학생들이 사용하는 검술들의 공통점을 알고 있었고, 그 검술이 가지는 약점들도 머릿속에 있었다.

'완벽히 파훼할 수 있도록 하는 게 중요해.'

깨질 거라면 철저히 깨져야 한다.

바닥을 쳐야 더 높게 올라올 수 있다.

'다들 그렇게 깨져 본 적이 거의 없을 테니까.'

아카데미의 학생들은 대부분 귀족가의 자제들.

항상 승리해 오진 못했겠지만, 바닥을 맛볼 정도로 철저하게 패배한 적은 없을 테니까.

"예리카, 움직임은 기억시킬 수 있지?"

"아니요."

그렇게 말하고는 예리카가 은근한 표정을 지었다.

"불가능한 일이에요."

그 표정을 읽은 에단은 아주 자연스럽게 그 장단에 맞춰 주었다.

"불가능한 일이지. 골렘이 어떻게 그런 어렵고 복잡한 움직임을 어떻게 취하겠어? 하지만."

슬쩍 에단이 웃었다.

"오로지 헤카테 님이 남겨 주신 특수한 골렘 마법만이 가능하지. 그걸 그대로 이은 예리카, 너만 가능한 일이야."

예리카는 입을 앙다물며 뿌듯하게 미소 지었다.

사실 이런 게 참 신기하긴 했다. 지방의 귀족가라고는 하지만 에단 또한 귀족은 귀족이다.

그런데도 그에게선 내려다보는 듯한 시선이 전혀 없다.

만약 지금 자신과 똑같은 말을 다른 귀족에게 했다면, 과연 지금 에단처럼 받아들여 줄까?

아무리 생각해도 그럴 것 같지 않았다.

이건 에단이 예리카를 한 사람의 인간으로 봐 주기 때문에 가능한 것이다.

예리카는 그게 좋았다.

동시에 그때 그가 내민 손을 잡길 잘했다고 생각했다.

-생존 확률이 상승합니다!

"음?"

생존 확률이 올라갔다는 메시지에 에단이 순간 당황했다.

물론 표정으로 티를 내진 않았다.

'뭐지? 칭찬만 했는데.'

혹시 칭찬만으로도 생존 확률이 올라가는 이스터에그라도 있는 것인가.

"최고의 마법, 최고의 마법사!"

"감사해요, 하하하."

"지금부터 네 이명을 정해 보자. 대마법사는 뛰어넘을 테니까 최대마법사, 뭐, 이런 걸로."

"최악이지만, 감사해요."

에단은 계속해서 칭찬을 반복했다. 하지만 더 이상 생존 확률은 오르지 않았다.

올라간 건 예리카의 어깨뿐이었다.

* * *

아카데미에서 가장 큰 강의실에 75명의 학생이 모였다.

검로의 이해 수업을 듣는 모든 학생들이었다.

"나는 안 하는 줄 알았다고."

"설마 연습도 없이 바로 학부모 참관 수업에 들어가는 건가 싶어서 놀랐다니까."

다른 수업이야 맞추는 게 사실 하나밖에 없었다.

"근데 선생님들끼리 짠 건가?"

"다들 맞춰서 미리 발표할 사람을 다 정한다던데."

"클라우디 선생님 수업은 작년이랑 똑같더라. 재능 있는 애들만 밀어준다 하더라고."

다들 학부모 참관 수업에 대해서 이야기하며 긴장하는 가운데 에단이 강의실로 들어왔다.

평소 쓰던 강의실과 달리, 학부모 참관 수업을 위해 빌린 강의실은 200명 이상 수용이 가능한 곳이었다.

서로 간의 거리가 꽤 멀어졌음에도 불구하고 학생들은 에단이 뭔가 더 커 보인다고 느꼈다.

걷는 것뿐인데도 그 존재감이 어마어마했다.

"다 왔군."

에단이 강의실을 쓱 살피더니 단상에 놓여 있는 아티팩트를 활성화시켰다. 그러자 책상과 의자가 그대로 구우웅, 거리는 소리와 함께 사라졌다.

"다들 준비는 됐나?

"네!"

학생들은 각양각색의 표정으로 대답했다.

호기심, 걱정, 기대 등등.

대부분은 에단을 믿으면서도 그의 이번 선언은 믿지 못했다.

에단이라고 한들 75명과 대련을 할 수 있을 리가 없다고 생각했으니까.

"수업 시간은 두 시간이다. 거기에 인원은 75명. 각각 갈고닦아 온 실력을 보여 줄 시간은 그리 길지 않다는 소리다."

에단은 학생들을 둘러보며 말했다.

"하지만 걱정 말도록. 시간이 조금 넘어가도 학부모님들은 넘어가 주실 거야. 두 시간, 아주 짧게들 느껴지실 테니."

그렇게 말하고는 목검을 꺼내 들었다.
"장비 착용."
에단이 말하자 학생들이 동시에 각자의 무기를 꺼내 들었다.
"순서를 정해 주겠다. 순서에 따라 너희들이 쓸 수 있는 시간은 딱 정해져 있다."
경청하는 학생들을 향해 에단이 말을 이었다.
"하지만 너흰 시간을 신경 쓸 필요 없다. 그저 앞 사람의 순서만을 기억해라. 그 순서에 맞춰 흐름을 타라. 흐름을 타서 내가 수정해 주었던 너희의 검술을 펼쳐 내면 된다."
꿀꺽.
누군가가 침을 삼켰다.
"자, 그럼 첫 번째는."
론 베어즈가 앞으로 나왔다.
"검술을 펼쳐라. 보여 주고 싶은 게 있다면 전부 다. 끊는 건 내가 알아서 할 테니."
구우웅-.
론의 몸에서 기세가 올랐다.
에단에게 제대로 된 수업을 받은 이후로 론 베어즈는 쉬지 않고 몸을 단련했다.
그러면서 마나에 의존하는 게 아니라 몸을 중심으로 마나가 보조하는 이미지를 머릿속에 그려 왔다.

그러던 중, 어느 순간 에단이 했던 말을 이해하게 되었다.
 지금까지 자신이 이 육체를 두고 허튼 곳에 힘을 쓰고 있었다는 걸.
 육체에 집중하니 그의 검술은 한층 맹렬해졌고, 단순한 검술이었지만 힘을 살려 그만의 검술을 사용할 수 있었다.
 론은 그걸 떠올렸다.
 에단은 이 검로의 이해 수업에서 수업을 듣는 학생 개개인의 검술을 살려 주겠다고 했다.
 '다른 건 생각할 필요가 없어. 오로지 나만의 검술을 펼치면 돼.'
 자세를 잡은 론이 그대로 목검을 휘둘렀다.
 맨 처음을 론으로 결정한 이유는 임팩트를 주기 위함이었다.
 쐐애애액-!
 론의 검술은 뤼비네이드 검술에 자신만의 검술을 섞은 패도적인 검술이었다.
 대체로 공격을 중시한다.
 에단이 고쳐 준 자세를 그대로 흡수해 온 론의 매서운 공격이 이어졌다.
 탁-!
 에단이 검을 쳐올렸다. 그게 신호였다.
 "다음이라는 말을 하지 않을 거다. 신호를 읽어라, 자연스럽게. 우리는 뻔한 대련 같은 걸 하는 게 아니다. 이

건 일종의 연극이라고 봐도 좋다. 나를 이용해서 너희들은 주인공이 된다. 짧은 시간이지만 그 시간 동안은 100명이 넘는 이들이 너를 보고 있을 것이다."

학생들은 그 말에 소름이 돋으면서도 절로 미소가 지어졌다.

"와라."

* * *

학부모 참관 수업의 날.

본래 일정보다 이르게 진행되었음에도 후작령은 아카데미의 행사에 확실하게 대응했다.

"마차가 들어온다!"

"맞이해라!"

론드 후작령에 이베카 아카데미의 학부모들이 속속들이 도착하기 시작했다. 이 학부모 참관 수업은 아카데미뿐만 아니라 론드 후작령에 있어서도 크나큰 행사였다.

"확실히 통제해라!"

"그쪽! 길을 뚫어 놔라!"

"백작님께 거기 마차를 두시면 안 된다고 빨리 말씀드려라!"

후작령을 찾는 학부모들은 전 대륙에서 모이는 수많은 귀족들이다.

남작부터 시작해서 같은 백작이어도 가진 권력과 무력이 다른 귀족들도 많이 찾아왔고, 후작이나 공작까지 함부로 대할 수 없는 이들도 찾아왔다.

론드 후작 선에서 처리할 수 있는 귀족들이 아니었기에, 후작으로서도 꽤 신중을 기울여야 했다.

몇 해 전에는 실제로 귀족들끼리 싸움이 나서 후작이 진땀을 뺐던 일도 있었다.

일단 싸움이 나게 되면 그 중재는 고스란히 론드 후작이 맡아야 한다. 후작령에서 일어난 일이니 어쩔 수가 없는 노릇이었다.

그 때문에 후작은 절대 그런 귀찮고 위험한 일이 생기지 않게끔 많은 인원을 배치하고 상당히 신경을 썼다.

그렇게 후작령의 기사들이 귀족들을 맞이했다.

"오랜만입니다, 후작님."

"어서 오시오. 작년보다 훨씬 더 표정이 좋아졌구려! 듣기로는 공자가 아카데미에서 꽤 좋은 성적을 내고 있다던데, 그 때문인가?"

"하하하핫-! 제 아들놈이 저를 닮아 좀 실력이 있긴 하지요!"

통제의 중심엔 론드 후작이 있었다.

항상 같은 귀족들만이 찾는 게 아니었기에, 새로운 귀족들과 안면을 터놓는 것이 후작에겐 소소한 이득이자 재미였다.

또한 론드 후작이 전면에 나서서 인사를 건네거나 통제를 하면 서로 감정이 상할 귀족들조차 일단은 한 차례 참곤 했다.

도착하는 학부모들을 보며 론드 후작이 한숨을 내쉬었다.

후작령을 찾으면 그만큼 후작령이 활성화되어 좋긴 하지만 항상 무슨 일이 생길까 긴장할 수밖에 없었다.

"이번에도 굉장히 많이들 왔군. 자식 사랑들이 대단해."

후작이 학부모들을 보며 말했다.

"후작님께서도 저러셨었습니다."

그 말에 옆에 있던 보좌관이 은은하게 미소 지으며 대답했다.

"그래도 난 저렇게 황금빛 마차를 끌고 오진 않았다고."

학부모들 중 꽤 많은 숫자가 무척이나 화려한 마차를 끌고 온 이들이었다.

황금 나비 모양이나 물결치는 파도 모양이 새겨진 마차가 있는가 하면, 후작이 본 것처럼 바퀴까지 황금색으로 물들어 있는 마차도 있었다.

"아카데미로 들어가는 그 순간부터 전쟁 아닙니까. 보는 눈이 많으니까요. 여기서 무시당하면 아카데미에서도 무시를 당하게 되니, 자식들 기죽지 말라고 일부러 더 화려하게 만든 거 아니겠습니까."

"너무 화려하면 역으로 독이 될 것 같다만."

"그래도 초라하거나 평범한 것보다는 낫습니다."

"그거야 그렇지. 이해하지 못하는 건 아니다만, 나라면 좀 싫을 것 같긴 하군."

론드 후작은 뒤돌아 다른 쪽 입구로 움직였다.

후작령으로 들어올 수 있는 입구가 네 개나 있으니, 후작이 계속 돌아다니며 상태를 직접 확인해야 했다.

"이번에 엄청난 교사가 하나 왔다지?"

"아, 예. 에단 휘커스를 말씀하시는 거군요. 맞습니다. 지금 아카데미 내부에서 에단 선생에 대한 이야기가 대단하다고 합니다."

"흐으음, 궁금하군. 시간이 나면 꼭 한 번 가 봐야겠어. 아, 물론 클라우디 선생 수업부터 차근차근 보고 말이야. 작년보다 얼마나 성장했을지 기대가 되는군!"

* * *

같은 시각 이베카 아카데미 대광장.

대광장에 수많은 마차들이 모여 있었다. 학부모 참관 수업 시기엔 사람이 굉장히 몰리기 때문에 마차를 둘 곳이 항상 모자랐다.

그 때문에 임시로 대광장이 마차를 세워 두는 곳이 되었다.

"크흠."

"흠."

척 봐도 고위 귀족이라는 걸 알 수 있을 법한 복장에 화려한 마차.

내린 귀족들은 주변을 살피며 누가 왔는지부터 확인했다.

"스탕달 후작님 아니십니까?"

"허허허. 롤랑 백작, 오랜만이오. 예전보다 훨씬 더 젊어 보이는데? 뭐 좋은 거라도 먹나? 그런 게 있으면 함께 나눠 먹지!"

"하하핫—! 요즘 영지에 좋은 일이 많아서 그렇게 보이나 봅니다!"

안면이 있는 귀족들이 인사하고, 안면이 없더라도 이번 기회를 틈타 대화의 포문을 여는 이들이 꽤 많았다.

부모들끼리의 사교 자리처럼 보였지만 사교의 시간은 길게 가지 못할 것이다.

수업에 참관해 각자 자식들을 보고 있노라면 여러 가지 복잡한 감정이 들 테니 말이다.

"학부모님들은 이쪽으로 오시면 됩니다!"

"이쪽에서 오늘 있을 참관 수업에 대한 정보를 들으실 수 있습니다!"

그 말에 각 학부모들이 데리고 온 수행원들이 빠르게 움직였다.

"가르시아 백작님, 첸 공자님의 이번 수업은 날개관 A

동 3005호에서 진행됩니다."

"흐음, 걱정이군."

"이미 한 번 크게 혼나셨으니 이번 수업에서는 열심히 하실 겁니다."

첸 가르시아의 아버지인 가르시아 백작은 바로 얼마 전에 있던 일을 떠올렸다. 그가 생각하기에 둘째인 첸은 아직도 정신을 못 차린 것처럼 보였다.

"뭐, 선생이 제대로 됐으니 말이야. 에단 선생님의 수업이 너무나 궁금하군!"

아주 짧았지만 에단의 교육이 어떤 건지 맛을 본 가르시아 백작은 에단 휘커스의 공개 수업을 상당히 기대하고 있었다.

"듣자 하니 학생들이 한 명도 나가지 않고 계속 수업을 듣고 있다지?"

"예, 신입 교사는 절반 정도만 끝까지 수업을 들어도 훌륭하다는 평가를 받는다고 합니다."

"하긴 내 때도 그랬었지."

가르시아 백작이 아카데미에 다닐 무렵, 신입 교사는 열정은 많지만 제대로 뭔가를 가르치지는 못하는 사람밖에 없었다.

밖에서 이름을 날리고 들어온 교사들도 처음엔 모두 헤매기 마련이었다.

"백작님이 그렇게 칭찬하시던 그 에단 선생님을 직접

볼 수 있다니, 저도 정말 기대가 됩니다."

"놀랄걸? 나도 진짜 놀랐으니까 말이야. 곧바로 휘커스 가문을 알아보니 동생이 있더군. 나단 휘커스라고."

"어, 나단 휘커스라면……."

"작년에 봤지? 그 프레이야 아카데미에서 봤던 유망한 마법사."

가르시아 백작이 그러면 그렇지 하는 표정을 지었다.

"지금에야 유명하지 않을지 몰라도, 아마 둘에 의해서 휘커스 가문은 크게 성장할 거야. 그때가 되면 우리 첸도 그 덕을 보겠지."

아무리 망나니 같은 아들이라지만 그래도 아들은 아들이었다.

"마음 같아선 첫째 놈을 데려와서 다시 아카데미에 넣고 싶은 마음이다만."

"너무 기대하게 만드시는 거 아닙니까?"

"가서 보자고. 내 말이 과장인지 아닌지."

가르시아 백작이 호쾌하게 웃었다.

그보다 조금 앞에 대륙에서도 손꼽히는 대귀족이 있었다.

"옐로우드 공작님."

"그 옆은 공자들인가?"

"마나가 제약되어 있는데 말이야. 그런데도 풍기는 오라가 따끔거리는걸?"

왕족을 제외하면 사실상 적수를 찾아보기 어려운 대귀족가, 신성제국의 가장 날카로운 검.

옐로우드 가문의 옐로우드 공작과 그 아들 둘 또한 이번 참관 수업에 참여했다.

대륙의 핵심이라고 볼 수 있는 열두 가문인 십이성 중에서도 세 손가락에 꼽히는 옐로우드 공작가는 신성제국에서 가장 강력한 힘을 자랑하는 가문이었다.

"가주님께서 찾아오신 보람이 있도록 막내가 잘 해야 될 텐데 말입니다."

"벌써 3학년이니까요. 작년은 정말 꼴이 말이 아니었습니다."

젊은 나이에 선대 가주로부터 작위를 물려받고 십이성의 자리를 공고히 만든 게 바로 지금의 옐로우드 공작이었다.

그 옆에는 공작의 아들 둘이 있었다.

두 사람은 후계자로서 꽤나 괜찮은 평가를 받고 있었다.

옐로우드 공작가의 주력이라고 볼 수 있는 기사단과 마법병단을 이어받아 운용하고 있었고, 제국 내에서도 핵심 자리를 꿰찬 상태였다.

"올해가 마지막이다. 내년은 굳이 찾을 필요 없겠지."

옐로우드 공작이 그렇게 말하자 두 아들들의 표정이 은근히 밝아졌다.

이걸로 후계 구도는 둘로 좁혀진 거나 다름없었다.

작년, 그리고 재작년에도 참관 수업에 왔었으나 막내 동생인 메이슨은 옐로우드의 이름에 걸맞은 성적을 보여주지 못했다.

기회는 이걸로 끝이다.

어차피 오늘도 똑같을 터.

"칼슨, 메이슨을 가르치고 있는 교사에 대해서는 알아봤느냐?"

"아, 예, 서쪽 지방 휘커스 가문에서 한때 병약 공자라 이름났던 검사라고 합니다. 그 외엔 특별한 게 없고, 검술 천재라고 불렸다 하지만 그것도 지방에서의 일이었을 뿐입니다. 증명된 게 아무것도 없습니다."

"제이슨."

공작이 이어 둘째를 부르자 둘째 제이슨 옐로우드가 에단에 대한 설명을 읊었다.

"예, 최근에 다비드 상단과의 협업을 통해 공방을 운영하고 있더군요. 경량화를 주력으로 한 공방인데, 이 덕분에 휘커스 영지가 서부에서 가장 급속도로 성장하고 있다고 합니다. 그 모든 걸 이 에단 휘커스가 주도했다 하니 상재가 있는 건 분명합니다. 하지만 검술로는 아무것도 증명된 게 없습니다. 유일한 성과는 이 이베카 아카데미 교사직뿐입니다."

"너희들이 보기엔 어떠냐? 한 자리 내줘도 좋은 인재로 보이느냐?"

"능력은 괜찮아 보입니다만, 배경이 문제입니다. 타고난 성정이 있으니까요. 만약 영입한다면 상재를 살려 저희 상단에 자리를 만들어 주면 괜찮을 듯합니다."

칼슨에 이어 제이슨이 말했다.

"저는 반대입니다. 장기적인 성과도 없을뿐더러 지금 당장 보이는 상재 또한 다비드 상단의 도움이 크다고 생각합니다."

"너는 네 형이 괜찮다고 하니 그 반대의 의견을 내놓은 것뿐이냐, 제이슨?"

"아닙니다!

"그럼 말해 보아라. 다비드 상단이 그냥 자선 사업을 하는 상단이더냐?"

"……."

"그럼 그렇지. 한심한 놈들."

옐로우드 공작은 혀를 찼다.

각자 후계자라고 자칭하는 놈들이 옐로우드의 기본조차 모르고 있으니.

둘 다 검술이나 마법 능력은 괜찮았지만, 가문을 다스리는 가주로서의 능력이 아쉬웠다.

"재능이 있으면 쓴다. 타고난 성정 따위 알 게 무어냐? 옐로우드가 품으면 그자는 옐로우드의 검이 되고 방패가 되는 것이다. 지방의 검술 천재든 뛰어난 상재든 간에 재능이 있으면 담을 줄 알아야 하는 거다. 무릇 옐로우드를 이끌어 나갈 거라면 그런 생각을 가지고 있어야지."

지금 옐로우드 공작가에서 일하는 이들 중 절반은 배경이 그리 대단치 않다.

능력 하나로 그 자리를 꿰찼고, 앞으로도 계속 옐로우드 가문을 위해 일할 이들이었다.

"죄송합니다, 가주님."

"죄송합니다."

"뭐가 죄송하지? 너흰 내가 아니라 너희들 스스로에게 죄송할 줄 알아야 한다. 내 핏줄을 타고났으면서 그따위 판단밖에 못하는 그 머리가 몸에게 죄송해해야지!"

심한 말이었으나 두 아들들은 무어라 변명을 하지 못했다.

"가자, 이제 마지막 실망을 하러 가야지."

어차피 아들 셋 중에 기대가 되는 놈이라고는 한 명도 없다.

* * *

75명이 모인 강의실.

학생들은 수업 전에 일찍부터 이곳에 모여 있었다.

학생들은 떨고 있었다.

특히 신입생은 더 그랬다. 입학해 처음 학부모 참관 수업이니, 아닌 척하지만 눈동자가 계속 흔들리고 있었다.

그건 재학생이라고 예외는 아니었다.

이들 중에 학부모 참관 수업을 몇 번이나 진행한 학생들이 많았으나, 그들도 손에 가득한 땀을 계속해서 바지에 닦고 있었다.

'과하게들 긴장하고 있군.'

적당한 긴장은 좋다.

몸에 어느 정도 긴장이 있어야 자연스럽게 검술을 펼쳐 낼 수 있다. 하지만 이렇게 과하게 긴장하다 보면 머리가 하얘지고, 그런 경직된 상태는 곧 사고로 이어진다.

"잠시 집중해라."

에단이 모두가 들을 수 있게 말했다.

"오늘 수업을 망쳐도 상관없다. 오늘 수업에서 중요한 건 너희들이 아카데미에서 뭘 배웠는지 보여 주는 거다. 너희들의 장점도 단점도 전부 다. 생각해 보아라. 너희들은 학생이고, 너흴 보러 오신 부모님들은 이미 실력이 출중한 분들이지. 다들 이미 눈이 높아. 너희들이 아무리 완벽하게 해낸다고 한들 그분들의 눈에는 차지 않을 거다."

이 자리는 가능성을 보는 자리다.

완벽이 아니라 학생이 품고 있는 잠재력을 보는 자리기에, 누구도 완벽하리라고 생각하지 않는다.

그러니 단점보다는 장점을 중점적으로 본다.

단점은 언제든 보완할 수 있지만 없던 장점이 생겨나진 않을 테니까 말이다.

"아무리 완벽해도 그분들 눈엔 부족해 보일 테지. 그러니 단점을 가리겠다는 생각은 버려라. 오로지 장점만을 극대화시켜라."
 차가웠던 에단이 위로의 말을 건네자 더더욱 그 진심이 느껴졌다. 거기에 에단이 씩 웃어 주며 학생들과 한 번씩 눈을 마주쳤다.
 "물론 어리숙하게 하는 놈들은 다음 수업부턴 받지 않을 거지만 말이다."
 "네!?"
 "시, 실패해도 좋다고 하셨잖아요!"
 "농담이다."
 "아, 아니, 그런 살벌한 농담을······."
 "이제 긴장이 좀 풀렸나?"
 "아니요······."
 학생들은 저도 모르게 긴장이 풀린 것을 느꼈다.
 이윽고 얼마 지나지 않아 사람들이 들어오기 시작했다.

　　　　　＊　＊　＊

 "드디어 듣게 되는구만."
 강의실에 가장 먼저 들어온 건 교사들이었다.
 교사는 기본적으로 서로 간의 수업을 들을 수 없어, 이런 기회가 아니면 다른 교사의 수업을 구경조차 할 수가 없다.

그랬기에 에단의 수업 방식을 굉장히 궁금해했다.

어떤 식으로 강의를 하기에 이렇게 폭발적인 반응을 일으킬 수 있는 것인가?

"신입 교사가 75명 정원을 꽉 채워서 수업을 진행한 적이 있었나? 에단 선생님이 처음 아니야? 도대체 학생들을 만족시키는 비법이 뭔데?"

"너무 궁금해. 어떤 방식으로 수업을 하시는 거야? 웬만한 걸론 눈 하나 깜빡이지 않는 학생들인데. 허, 참, 이건 안 볼 수가 없지."

그 같은 생각을 한 여러 교사들이 에단의 강의실을 찾았다. 특히 검술과 선생들이 굉장히 많았다.

에단과 같은 시간에 수업을 하는 교사들은 안타깝게도 참석할 수 없었지만 그러지 않은 교사들은 다 모였다 봐도 과언이 아닐 정도.

물론 에단의 수업이 궁금한 건 교사뿐만이 아니었다.

뒤이어 에단 휘커스 선생의 수업이 궁금한 학생들이 들어오기 시작했다.

"와, 사람이 왜 이렇게 많아?"

"참관 수업에 이렇게 많은 사람이 온 건 또 처음인데."

"도대체 몇 명이나 보러 온 거야?"

학생들이 웅성거렸다. 학생들뿐만 아니라 교사들도 굉

장히 많이 보였다.

"아직 부모님들이 안 오셨는데도 이 숫자라고?"

"와, 이런 건 처음 봐."

"작년 클라우디 선생님 참관 수업 때보다 더 많은 거 아니야?"

"아, 생각해 보니까 지금 클라우디 선생님 수업 시간이잖아."

아이러니하게도 에단과 클라우디는 같은 시간에 학부모 참관 수업을 진행했다.

물론 클라우디가 현재 맡고 있는 네 개의 수업 전부 다 학부모 참관 수업을 진행했기 때문에, 그는 이번이 세 번째 수업이었다.

"바로 옆 강의실이네?"

"클라우디 선생님 수업도 인원이 상당하니까 말이야. 사람들도 많이 보러 오겠지. 학부모들도 많을 테고."

그들이 웅성거리는 사이 학부모들이 도착했다. 교사와 학생들이야 본래 이 이베카 아카데미의 일원들이기에 특별할 건 없었지만 학부모들은 달랐다.

중앙을 쥐락펴락하는 권력자들이 한곳에 모이는 건 그렇게 쉽게 볼 수 있는 모습이 아니었다.

"후작님이다."

"어엇, 리브레 백작님이시잖아."

"썬더버드!"

각 귀족들이 가진 별명을 부르며 학생들이 선망의 눈빛을 보냈다. 이름난 귀족들은 그 별명처럼 압도적인 오라를 내뿜고 있었다.

그들은 차분하게 주변을 둘러보더니 학부모석에 앉았다.

몇몇 귀족들, 그래도 학부모인 그들은 제일 먼저 자신의 자식이 어디에 있는지부터 확인했다.

그러고는 곧 익숙한 뒤통수를 확인한 후 곧장 자리에 앉았다.

"정말 학생들이 많구만. 처음 들었을 땐 신입 교사라고 해서 별 기대를 안 했는데 말이야."

"보아하니 학부모인 우리들을 제외하고 다른 교사들과 학생들도 있는 것 같은데, 그만큼 다들 기대하는 수업이라는 거겠지?"

"정말 기대가 되네요."

"나도 그렇다네, 부인."

곧이어 마지막 귀족까지 들어왔다.

"공작님이다."

"옐로우드 공작님이다."

학생들의 학부모들까지 착석하자, 그 거대했던 강의실도 가득찼다.

그 타이밍에 맞춰 강의실 뒤편에서 대기하고 있던 에단이 문을 열고 들어왔다.

모두의 시선이 에단에게 쏠렸다.
아마 상상도 하지 못할 정도의 기대감과 부담감이 에단에게 꽂히고 있을 터.
그러나 에단은 가벼운 발걸음으로 단상에 섰다.
"수업 시작하겠습니다."

* * *

"가르시아 백작님."
"오, 스펜스 백작님 아니시오? 이번엔 시간이 나셨나 봅니다?"
"앞선 참관 수업에 연속으로 참석을 못했으니까요. 억지로 시간을 냈습니다."
"하하하하, 타이밍 참 좋게 오셨군요."
수많은 귀족들의 시선이 에단에게 쏠리고 있었다. 그건 스펜스 백작 또한 마찬가지였다.
"듣자 하니 저 교사가 이번 신입 교사 중에 수석을 차지했다고 하던데. 그 시론 램스데일을 꺾고 수석을 차지했다지요? 제가 봤을 땐 그건 실력으로 받은 게 아니라고 봅니다."
"음? 그렇다면 왜 수석을 받았다고 생각하십니까?"
"그거야 교장 선생님이 검성을 견제한 것 아니겠습니까. 아니지, 견제라기보다는 자존심 싸움이라고 봐도 되겠지요. 한창 시절에 두 분은 라이벌 아니었습니까? 그런 검성의 손자에게 수석을 준다는 건…….”
"자존심이 허락하지 않는다?"
"그렇죠. 저는 그가 운이 좋아서 수석을 받았다고 봅니다."
"흐으음, 듣자 하니 파케타 님의 손녀도 있던데? 대마법사의 손녀라면 수석을 줄 만도 하지 않겠소? 그쪽은 사이도 그리 나쁘지 않을 테고, 실력도 출중했으니."
"교장 선생님의 이명이 뭡니까? 유령검 아닙니까? 마법사보다 검사에게 마음이 끌리는 건 당연한 일입니다. 아무튼 교장이 밀어주는 교사니 실력은 있겠습니다만, 그게 대단할 정도는 아니라는 생각이 드는군요."
가르시아 백작이 스펜스 백작을 쳐다보았다.
사실 이건 당장 스펜스 백작만의 생각은 아니었다. 여기에 모인 귀족들 중에서 아카데미가 어떻게 돌아가는지 모르는 사람은 없다.
신입 교사가 75명의 학생을 학기 끝까지 이끌고 간다?
그건 있을 수 없는 일이다.
거기에 이어 에단은 신입인데 다른 수업까지 맡았다고 한다.
수업 하나를 이끌어 가는 것도 보통 일이 아닌데, 교사가 된 지 얼마 안 돼 두 개의 수업을 진행하고 있다니.
아무리 봐도 정상적인 상황이 아니다. 밀어주는 거라고

생각할 수밖에 없는 것이다.

다른 학부모들이 에단을 보고 있었지만 집중하는 것 같진 않았다.

이전에 있었던 참관 수업처럼 별 기대가 없었다.

물론 몇몇 학부모는 얼마나 잘하나 에단을 보고 있기도 했다.

"수업 내용도 대충 뭉뚱그려서만 전해지니, 그게 잘하고 있는 건지 못하고 있는 건지도 알 수 없죠."

"그럼 스펜스 백작께서는 에단 휘커스 선생이 별 볼 일 없는 교사라고 생각하시는 거군요."

"별 볼 일 없다는 것까지는 아니고, 능력은 있을 겁니다. 그게 과장됐다는 것이지요. 진짜 천재 교사라고 한다면 당연히 클라우디 하이드 선생 정도는 되어야 하지 않겠습니까?"

스펜스 백작이 어깨를 으쓱 올리며 말했다.

가르시아 백작은 작게 고개를 끄덕이며 답했다.

그가 본 에단은 절대 그런 정도가 아니었으니까.

"일리가 있군요. 하지만 저는 저 에단 휘커스 선생이 뭔가 보여 줄 거라고 생각합니다."

"오, 그러면······."

스펜스 백작이 쓱 웃었다.

"내기라도 할까요, 백작님?"

"내기요?"

"예, 내기. 제가 이기면…… 그래, 백작께서 아끼는 검 하나를 제게 주시는 건 어떻습니까?"

가르시아 백작의 검은 유명한 대장장이가 만든 명검이었다.

이런 내기의 상품으로 걸기엔 가치가 높으니 상당히 과한 내기였지만, 가르시아 백작은 오히려 이를 드러내며 웃었다.

"큰 내기군요. 그럼 제가 이길 경우엔 스펜스 백작께서 애용하시는 그 단검을 주시는 건 어떻습니까?"

스펜스 백작의 단검은 마도제국에서만 난다고 하는 귀한 보석이 손잡이에 박혀 있는 초고가의 단검이었다.

의식용 단검이라 실전성은 없었지만, 굉장히 아름다웠다.

스펜스 백작은 자신이 무조건 이길 내기라 생각했는지 거침없이 고개를 끄덕였다.

"좋습니다. 기대가 되는군요! 흠!"

그러고는 팔짱을 끼고 콧김을 내뿜었다.

이미 그의 머릿속에는 가르시아 백작의 멋들어진 검이 있는 듯했다. 그 검을 가지고 여러 귀족들의 영지를 다니며 자랑할 생각을 하니 기분이 상당히 좋아 보였다.

가르시아 백작도 스펜스 백작처럼 기분이 좋기는 마찬가지였다.

서로가 다른 뜻을 품는 와중에 에단의 입이 열렸다.

학생들 몇몇은 이 상황에 숨이 턱 막혔다.

그냥 귀족도 아닌 신성제국의 고위 귀족들이 주목하는 강의라니.

자신이 저 자리에 서 있었다면 아마 기절했을지도 모르겠다는 생각과 함께 학생들이 에단의 입에 집중했다.

"이번 수업은 대련 형식으로 진행될 예정입니다. 학생들은 짧게나마 제게 배운 수업 내용과 단련을 이번 수업에서 보여 줄 예정입니다."

에단이 아티팩트를 활성화시키자 학부모석을 제외한 모든 장애물이 사라졌다.

그에 맞춰 학생들이 앞으로 나왔다.

중앙에 에단이 서고, 그런 에단을 포위하듯 학생들이 섰다.

꽤 긴장하고 있었지만, 눈빛들이 살아 있었다.

"검."

척-!

75명의 학생이 동시에 검을 들었다. 정확한 타이밍이었다. 그 그럴듯한 자세와 소리에 학부모들이 감탄 어린 표정을 지었다.

"타이밍이 잘 맞는 걸 보니 잘 가르쳤나 봅니다."

"그런데 저런 게 중요합니까? 겉멋만 드는 게 아닌가 모르겠군요."

"제국군에 들어간다면 저런 제식이 중요하긴 합니다

만. 흐으음."

"저 정도면 그래도 수석을 달 정도는 되나 보군."

"크크크, 하지만 조금 웃기는군요. 고작 학생들인데 말입니다. 마치 기사단 같지 않습니까?"

학부모 몇몇이 재미있다는 듯이 웃었다.

"그래도 뭐, 이베카의 교사라면 당연히 이 정도는 해 줘야지. 달리 특별해 보이진 않지만."

옐로우드 공작 옆에서 칼슨 옐로우드가 중얼거렸다. 확실히 방금 그 통제는 이베카의 교사다운 모습이었다.

거기에 따르는 학생들은 정확히 검을 들어 에단을 겨누고 있었다.

그럴듯하게 보이는 것도 중요하지만 가장 중요한 건 실속이었다. 한쪽 입꼬리를 올리며 비웃은 칼슨은 팔짱을 꼈다.

이제부터 에단이 어떤 방식으로 대련을 진행할지 궁금했다.

"한심한 놈, 75명의 학생 사이에서도 두각을 드러내지 못하다니. 일반 학생처럼 조용히 있잖아."

문득 학생들 사이에 자연스럽게 섞여 있는 메이슨을 보는 순간 절로 험한 말이 나왔다.

메이슨은 옐로우드 공작가의 혈통이라고는 생각되지 않을 정도로 얌전하게 학생 무리에 껴 있었다.

무릇 공작가의 혈통이라면 저 75명의 학생들 중에서

독보적인 존재감을 뽐내야 한다.

"심지어 맥스 주로드도 없는 거 같은데?"

"아마 클라우디 선생의 수업을 듣고 있겠지. 본래라면 이 신입 교사의 수업을 들을 이유가 없지 않나?"

두 아들이 어이없다는 듯 말하는 걸 듣는 옐로우드 공작 또한 눈앞의 상황이 달갑지 않은 건 마찬가지였다.

대충 보고 끝낼 생각이었다.

중간에 나갈까 하는 생각도 있었지만 다른 학부모들을 위해 그러진 않기로 했다.

"음."

"더 볼 것도 없을 것 같습니다, 아버지."

"저 에단 선생이 어떤 식으로 수업하는지 조금만 더 보고 나가는 게 좋을 듯합니다."

다른 학부모들 또한 옐로우드 공작과 마찬가지로 별 기대를 하지 않았다.

오히려 비웃는 이들도 있었다. 신입 교사라 그런지 첫 번째 학부모 참관 수업에 꽤 힘을 줬다고 말이다.

"왜 저렇게 초라하게 있지?"

"잘못 가르친 거 아닌가? 대련을 한다면서 왜 학생들의 기를 다 죽이는 건지 모르겠군."

일부는 심기가 불편한 얼굴들이었다. 어이가 없어서 웃는 이들도 있었다.

각자의 자식들이 마치 특색 없는 학생처럼 기를 죽이고

있는 게 마음에 들지 않는 듯했다.

에단은 그렇게 지켜보고 있는 학부모들을 슬쩍 보았다.

'실컷 웃도록.'

이제부턴 그 누구도 웃지 못할 테니까.

쿵, 하고 작게 발을 구르는 소리가 들렸고, 론 베어즈가 에단에게 달려들었다.

꽈앙-!

목검과 목검의 격돌인데 흡사 폭발하는 것 같은 소리가 들렸다.

"헛!"

그 첫 번째 격돌과 함께 학부모들의 잡음이 사라졌다. 론 베어즈에게서 흘러나오는 기세가 엄청났기 때문이었다.

방금까지 학생들에게선 아무런 기세가 느껴지지 않았건만.

론을 시작으로 학생들이 자연스럽게 움직였다.

쾅-! 쾅-!

론 베어즈는 특유의 강렬한 검술을 뽐냈다.

에단은 그런 론에게 맞춰 그와 비슷할 정도로 강력한 힘으로 맞부딪쳤다.

콰앙-! 콰앙-!

주변으로 파동이 퍼질 정도로 강렬한 일격이 서로 간의 목검에서 펼쳐졌다.

저 힘을 버티는 목검이 대단해 보일 정도로 에단과 론

의 힘은 비등해 보였다.

"힘이 엄청난데?"

"투박하지만 그 단점을 덮을 정도로 강력한 힘이군."

론 베어즈의 장점이라고 할 수 있는 강력한 힘이 돋보이는 대련이었다.

검 몇 번 부딪친 것만으로 순식간에 대련에 몰입하게 된 학부모들은 론에 이어 뛰쳐나오듯 나서는 학생에게 집중했다.

검이 보이지 않을 정도로 빠른 일격이었다.

통쾌하다고 느껴질 정도로 빠른 쾌검.

일격에 모든 걸 담은 듯한 쾌검이 에단에게 쏟아졌다.

깡-! 깡-! 깡-!

아까는 힘으로 버티던 에단의 검이 어느새 빨라져 있었다.

"!"

이번엔 속도였다.

쐐액-! 쐐애액-!

학생의 검술에 맞춰 묵직했던 에단의 검이 점점 더 속도를 높여 갔다. 가볍고 빠르게. 분명 소리는 여러 번 나는데, 눈에 보이는 건 두 번뿐이었다.

하지만 이곳에 있는 모두는 상당히 수준이 높은 이들. 에단과 학생이 상당한 속도의 공방을 벌이는 걸 확실히 보고 있었다.

꽤 수준 높은 대련에 눈이 즐거워졌다.

그러던 도중 콱-! 하고 에단이 학생의 검을 올려 쳤다.
그와 동시에 학생이 미끄러지듯 뒤로 물러났고, 그와 동시에 새로운 학생이 나타나 에단을 덮쳤다.
세 번째로 나선 건 유나 가넷이었다.
에단은 이 대련이 어떤 의미를 가지고 있는지 초반 세 학생을 통해서 나타내려고 했다.
세 번째 대련 상대인 유나 가넷은 이 검술과에 몇 없는 변화무쌍한 검술을 사용했다.
유나 가넷이 자세를 잡고는 이내 가볍게 검을 휘둘렀다.
그러자 마치 유나의 손이 여러 개라도 된 것처럼, 동시에 다섯 자루의 검이 에단을 노리고 날아들었다.
그중 진짜는 단 하나뿐.
하지만 전부 다 진짜 같은 게 구별하기가 어려울 정도였다.
학생 수준에서 펼칠 수 있는 검술이 아니었다. 저 정도로 진짜 같은 다섯 자루의 검을 만들려면 적어도 20년은 환영검에 시간을 들여야 한다.
뛰어난 재능.
다섯 개의 환영에 맞서 에단의 검에서도 다섯 개의 환영이 펼쳐졌다.
까앙-!
그리고 이내 진짜와 진짜가 격돌했다.
이어 펼쳐 낸 유나의 검술은 화려함 그 자체였다. 화려함에 환영을 감추고 환영에 화려함을 감추는 유나의 검술은 보는 학부모들에게도 큰 인상을 주었다.

유나 가넷이 마지막 환영검과 함께 그대로 뒤로 쓰러지듯 퇴장했다. 이어 학생들이 계속해서 앞으로 나서며 자신들의 검술을 뽐냈다.

처음엔 학생들의 검술에 집중했던 학부모들은 뒤로 가면 갈수록 다른 부분에 놀라 입을 벌렸다.

"저게 가능한가?"

"지금 벌써 열다섯 명째라고."

"모든 학생들의 검술을 같은 검술로 받아치고 있어. 말도 안 되는 일이야. 아무리 실력이 좋아도 그렇지, 저 정도까지 버티려면 몸이 두 개 있어도 모자랄 텐데."

어지간한 검사라도 열다섯 명의 학생들과 연달아 대련을 하는 것은 힘든 일이다.

그와 동시에 학생들의 검술을 돋보이게 해 주는 것은 말할 것도 없고.

"말도 안 돼."

다른 귀족들처럼 옐로우드 쪽에서도 말이 나오고 있었다. 그들은 고고한 자세로 에단 휘커스가 도대체 어떤 방식으로 수업을 할지 지켜보고 있었다.

론 베어즈를 시작으로 힘, 속도, 변화의 3단계를 거칠 때쯤엔 이미 대련에 흠뻑 빠져 있었다.

학생들은 이 순간에 죽어도 좋다는 듯이 모든 힘을 쏟

아 내고 있었다. 검을 더 이상 휘두르지 못할 때까지 휘두르며 주어진 짧은 시간 동안 열정을 보였다.

학생들과 나이가 비슷한 제이슨은 그 모습을 보며 어깨와 다리를 계속해서 떨었다. 있는 힘껏 검을 휘두르는 그 모습에 자신도 저기서 검을 휘두르고 싶다는 생각이 든 것이다.

마찬가지로 지켜보는 학생들 또한 눈을 떼지 못한 채로 다리를 덜덜 떨며 흥분을 가라앉히려 노력하고 있었다.

그만큼 몰입도가 상당했다.

하지만 제이슨은 퍼뜩 정신을 차렸다.

여기에 놀러 온 게 아니다.

에단을 확인하고 막내의 한심한 모습을 보러 온 것이다. 이걸로 후계자 싸움에서 완전히 떨어져 나갈 메이슨을 확인하고 형과의 경쟁을 본격적으로 시작하기 위함이었다.

그런데 생각지도 않은 일이 벌어지고 있었다.

"재밌군, 재밌어."

그때 공작의 목소리가 들려왔다.

항상 냉정한 표정을 짓는 옐로우드 공작이 흥미로운 표정을 짓고 있었다.

"!"

"!"

두 아들은 그 모습에 놀란 표정을 지었다.

"세상이 넓기는 넓군. 고작 지방의 귀족가에 저런 인재가 숨어 있을 줄이야. 병약함으로 눈을 가리고 있었던 건가? 세상이 감당하지 못할 재능을 몰래 키우기 위해서?"

공작은 에단의 모든 움직임을 보고 있었다.

학생에 맞춰 계속해서 변화하는 에단은 일견 쉬워 보이지만 굉장히 난이도 높은 움직임을 취하고 있었다.

기본적으로 에단의 경지가 높기 때문에, 학생을 상대하는 데 있어 조금이라도 힘을 준다면 학생이 아니라 에단에게 포커스가 돌아가게 된다.

그는 그 점을 확실하게 알고 있는 듯 보였다.

"보는 사람의 시선을 철저하게 학생에게 돌리는구나."

"네……."

"정말 그렇습니다."

이제야 그걸 알아챈 두 아들이 고개를 끄덕였다.

학생에게 이목을 집중시키기 위해선 완벽한 힘 조절과 학생 개개인에게 맞는 검술을 펼쳐야 했다.

그래야 학생의 검술이 더욱 돋보일 테니.

달리 말하자면 에단은 학생이 쓰는 모든 검술을 기억하고 있다는 소리였다.

학생이 검을 휘두른 다음 대처하면 그 첫 수에 에단이 순간적으로 돋보일 수밖에 없기 때문이었다.

"저 발걸음, 무엇 하나 빼놓은 게 없어."

에단은 학생의 등장과 함께 그가 이 대련의 주인공이

될 수 있게 만들었다.

　순간 옐로우드 공작의 표정이 확 변화했다.

　"칼슨."

　"예, 가주님."

　"잘 봐 두어라. 내가 네 검술을 보며 항상 하던 소리가 있지 않느냐."

　옐로우드 공작이 에단의 내려 베기를 보며 말했다.

　"저게 바로 네게 바라던 내려 베기다."

* * *

　검술과 신입생 수석인 루야 폰 티아나는 이번 학기 시간표를 클라우디의 전공 수업으로 꽉 채웠다.

　입학하기 전부터 어떤 선생님의 어떤 수업이 좋은지 전부 다 확인하고 들어왔다.

　그렇기에 신입 교사인 에단 휘커스는 물론이거니와 다른 중견 교사들의 수업도 신청하지 않았다.

　입학하기 전 듣기를, 클라우디를 제외한 선생들의 수업을 다 들어도 클라우디 선생의 수업 하나를 들은 것만 못하다고 확신했기 때문이었다.

　그랬기에 그녀의 목표는 오로지 클라우디의 수업뿐이었다. 다른 수업에는 눈도 돌리지 않았다.

　수업의 수준은 확실히 높았다.

가문에서 수많은 개인 교사들을 초빙하여 수업을 들었건만 새롭게 배우는 것들이 많았다.

그런데 어느 날부터인가 이상한 소문이 돌기 시작했다.

신입 교사인 에단 휘커스의 수업이 지금까지 들었던 그 어떤 수업보다 대단하다는 소문이었다.

처음엔 누가 헛소리를 퍼뜨린 거라고 생각했다.

그 수업엔 질이 나쁜 학생들이 더러 있다고 하니, 오히려 에단의 평판을 낮추려고 이런 악질 소문을 퍼뜨린 게 아닐까 했다.

그런데 매주 수업이 진행될수록 그 소문은 점점 부풀려져 갔다.

거기다 그 소문을 증명이라도 하듯 에단이 마법학부의 수업까지 맡아 버렸다.

뭔가 이상하다.

말도 안 되는 소문일 텐데.

"분명 클라우디 선생님이 하시는 수업보다 좋은 수업은 없을 텐데."

분명 그래야 할 텐데.

"도대체 어떻게 수업을 하시길래 이런 소문이 돌아? 대체 어떻길래 이렇게까지 평이 좋은 건데?"

아무리 물어봐도 자세히 이야기해 주는 친구가 없었다. 일단 들어 봐야 안다는 말만 반복할 뿐.

거기다 매번 수업을 갔다 오면 미친 듯이 연습실에서

나오질 않으니, 그 궁금증은 점점 커져만 갔다.

때문에 그녀는 참관 수업을 찾을 수밖에 없었다.

"좀 늦었나?"

이미 참관 수업은 시작된 듯했다.

뒷문을 통해 들어간 루야는 들어가자마자 빠악-! 하는 소리를 들었다.

이 강의실은 맨 위에서 아래를 내려다볼 수 있도록 계단식으로 되어 있었다. 때문에 맨 아래, 중앙에서 움직이는 교사 에단 휘커스와 학생들의 모습을 자세하게 볼 수 있었다.

"어……?"

에단과 학생들이 대련을 하고 있었다.

그런데 그 대련이 심상치 않았다. 그녀는 자연스럽게 뒷줄에 있는 학부모들을 보았다.

학부모들은 이미 대련에 몰입하고 있었다.

강의실 안이 묘하게 후덥지근했다. 루야는 들어오자마자 그 고양감을 직접 체감했다.

빠악-!

다시금 큰 소리가 났다.

이번엔 방금 전과 다른 학생. 그 학생은 자신이 가진 검술을 그대로 펼쳐 냈다.

날것 그대로의 검술이었다.

아카데미에서 배운 걸 모조리 토해 내는 듯한 검술. 그리고 에단은 그 검술을 완벽하게 받아 내고 있었다.

그리고 자연스럽게 물러난 학생 옆으로 또 다른 학생이 달려들었다.

제각기 전부 다른 검술이었다.

검술을 펼치는 동안은 그 검술을 펼치는 학생이 주인공이었다. 대련에서 철저하게 돋보였고, 학생이 펼치는 검술의 모든 것이 선명하게 보였다.

"이런 수업을…… 하는 거야?"

루야는 눈을 뗄 수가 없었다.

"이런 건 들은 적도, 본 적도 없어."

루야의 경악은 수업 시작 후 한 시간을 넘어 중반에 이르렀을 때 극대화되었다.

"설마, 75명과 전부?"

그건 정말 말도 안 되는 일이었다.

* * *

공작의 말에 칼슨의 얼굴이 굳었다.

솔직히 말하자면 그의 눈에는 자신의 내려 베기나 저 에단의 내려 베기나 그리 다를 게 없어 보였다.

오히려 자신은 옐로우드 공작가의 비전 검술을 갈고 닦았으니 이쪽이 훨씬 더 수준이 높다고 볼 수 있다.

그런데 아버지는 저 일개 교사를 더 높게 치고 있었다.

"저게 아버지께서 바라시는 내려 베기란 말입니까?"

"내려 베기뿐만이 아니야. 저 도전적인 자세. 너희들, 에단 휘커스 선생이 시작하기 전에 뭐라고 했는지 기억하고들 있나?"

"이번 수업은 대련의 형식을 빌린다고 했습니다."

"그럼 에단 선생이 75명과 전부 대련을 한다는 거겠지?"

"아니요, 그럴 리가요. 대련의 형식을 빌렸을 뿐입니다. 아마도 학생들과의 이야기를 했겠지요. 대련을 할 수 있는 학생은 한정되어 있으니 실력 순으로 정하겠다고 말입니다."

"이제 대충 멈출 겁니다. 아무리 철인 같은 체력을 가지고 있다곤 하지만 이제 한계입니다. 보십시오. 땀을 잔뜩 흘리고 있습니다."

아까까지만 해도 여유로운 움직임을 보이던 에단이 땀을 흘리고 있었다.

이제 곧 멈출 거라는 제이슨의 말이 맞을 듯했다.

하지만 공작은 고개를 저었다.

"멈추지 않을 거다."

"그럴 리가 없습니다. 버티지 못할 겁니다! 체력이 부족해 학생의 검을 막지 못하고 다칠 수도 있습니다."

"무조건 멈춥니다. 무려 75명입니다. 그냥 가르치는 게 아니라 대련을 통해서 그들의 검술을 보여 주고 있습니다. 아버지께서 말씀하셨지 않습니까? 무엇 하나도 빼놓지 않고 다 신경 쓰고 있다고. 그걸 75명 몫을 다 해야 하는 겁니다. 그건 불가능합니다."

두 아들의 말에 그가 작게 한숨을 내쉬었다.

"끝까지 갈 거다. 봐라, 처음부터 계획된 수업이다. 75명의 학생 모두가 검술을 펼칠 수 있도록 말이지."

그렇게 말하곤 지켜보라는 듯 팔짱을 꼈다.

칼슨과 제이슨처럼 다른 학부모들도 이제 슬슬 대련이 끝날 거라고 생각했다. 절반을 넘게 대련했으니, 사실상 이 정도만 해도 대단하다고 볼 수 있었다.

"끝까지 메이슨이 나오지 않는군요. 리스트에도 들지 못한 겁니다."

"한심한 놈, 아카데미 내에서 평판이 별로일 때부터 알아봤습니다. 너무 이르게 재능이 개화한 겁니다. 그러니 평범한 벽도 제대로 넘지 못한 거죠."

두 아들이 은근하게 공작의 말을 기다렸다.

이걸로 메이슨에게는 더 이상 기대하지 않겠다는 공작의 답이 나올 거라 생각했다.

그때 쾅-! 하는 소리가 한 번 더 들렸다.

"어?"

멈출 거라 생각했던 대련이 계속해서 이어지고 있었다.

에단은 멈출 생각이 없다는 듯 계속 검술을 펼쳤다.

"저건 무리야."

"충분히 다 봤으니 이쯤에서 멈춰도 될 텐데."

학부모들은 대체로 만족한 얼굴들이었다.

물론 아직까지 순서를 기다리는 학생들의 학부모들은 자기 자식이 검술을 뽐내길 기다리긴 했지만, 자기 자식의 차례가 돌아오는 건 사실상 힘들다는 걸 알았다.

하지만 에단이 얼마나 대단한 교사인지 직접 확인한 것만으로도 만족했다.

저런 대단한 교사에게 배우고 있다면야 분명 크게 성장할 수 있을 테니까.

하지만 에단은 멈추지 않았다.

아니, 오히려 대련의 퀄리티가 높아진 것처럼 보였다.

까앙-! 까앙-!

40명을 넘어 이제 50명을 돌파했다.

"설마……?"

"설마, 그게 가능하다고?"

멍하니 지켜보던 학부모들은 벌써 시간이 한 시간이나 넘게 지났다는 걸 눈치채지 못했다.

"안 멈추는 건가?"

"75명 전부와 대련하려는 건 아닐 텐데. 그럴 수가 없지 않나? 이미 체력의 한계가 왔을 거라고. 그냥 받아 주는 것도 쉽지 않을 텐데, 학생 한 명 한 명의 검술을 전력으로 받고 있어."

제아무리 대련이라고 해도 사실상 한계를 아득히 넘은 거라고 볼 수 있었다.

하지만 에단은 학부모들의 예측을 모두 다 깼다.
"……!"
이건 확실한 파격이었다.

* * *

모두의 예측대로 에단은 체력의 한계에 봉착하고 있었다.
예상했던 것처럼 25명을 넘어섰을 때부터 체력이 급격하게 감소하기 시작했다.
체력은 다치는 걸로만 빠지는 게 아니었다.
지금처럼 거친 움직임을 지속할 때, 한계를 넘어 움직일 때도 체력은 감소했다.
빠악-!
에단의 검이 또 한 명의 학생을 뒤로 물러나게 만들었다. 새로운 학생이 긴장하는 표정과 함께 자신의 검술을 쏟아 냈다.
'하지만 이미 대비는 다 해 두었다.'
원래라면 이미 체력이 10퍼센트 미만으로 떨어졌을 것이다. 그렇게 됐다면 25명 정도와 대련했을 때 특성, 시들지 않는 체력이 발동했을 터.
'그럼 50명을 남긴 상태에서 100퍼센트 체력 회복이 됐을 거고, 절대로 끝까지 가지 못했을 거야.'
50명, 아니, 그보다 조금 더 가고 멈췄을 것이다.

그렇게 되면 수업을 듣는 75명 모두를 돋보이게 할 수 없을 터. 나머지는 사실상 들러리만 됐을 것이다.

물론 그렇다 해도 참관 수업의 평은 좋을 것이다. 앞선 50명을 대상으로 한 수업 또한 학부모들이 보기엔 수준이 높고 완벽하게 보였을 테니까.

하지만 이 정도면 훌륭하다는 평가 속에서 남은 25명은 잊히게 된다.

'50명과의 대련도 잘한 거야. 그렇게들 말하겠지.'

하지만 에단은 그 정도로 만족할 생각이 없었다.

'한 명이라도 더.'

물론 이 모든 건 에단의 이익을 위해서였다. 하지만 자신의 이익만을 생각하는 것은 아니었다.

'아카데미의 학생들에겐 생각보다 자신을 증명해 보일 기회가 없다. 실패의 기회도, 성공의 기회도 그리 많이 주어지지 않아.'

이 이베카 아카데미는 분명 재능 있는 학생들이 들어오는 곳이지만 모두가 그 재능을 꽃피우진 못했다.

기회를 받지 못한다거나, 기회를 받아도 제대로 펼치지 못한다거나.

이들이 가진 건 잠재력이지, 이미 완성된 힘이 아니었다.

그렇기 때문에 미숙하다.

한 번의 기회로 높이 도약할 수도, 나락에 떨어질 수도 있다.

이곳엔 그 한 번의 절대적인 기회가 부족했다.

아카데미의 모두가 성공적으로 자신을 보여 주고 싶어 하지만, 모든 학생이 성공할 순 없다.

그러니 에단은 실패와 성공을 떠나 기회를 주고 싶었다.

'그러니 내가 할 수 있는 선에서 그 기회를 부여한다.'

자신의 이익을 챙기면서 동시에 학생들에게 자리를 만들어 주고 싶었다. 아카데미에 와서 배운 모든 걸 폭발시킬 수 있는 기회의 자리를.

'가능하면 부모님 앞에서 그걸 보여 주는 게 제일 좋지.'

아카데미의 학생이라면 누구나 인정받기를 원한다.

물론 누군가의 인정보다 스스로의 인정을 더 중요하게 여기는 이들도 분명 있지만, 그럼에도 인정을 받는다는 건 참으로 기분 좋고 의미 있는 일이었다.

'그중에서도 부모의 인정을 받는다는 건 아주 특별한 일이야.'

콰악-!

에단의 목검이 투박하지만 묵직하게 이어지는 학생의 목검을 쳐 냈다.

그와 동시에 에단의 온몸에 힘이 쭉 빠졌다. 목검을 휘두를 힘조차 사라진 상태.

그때 특성이 발동했다.

-시들지 않는 체력 특성이 발동됩니다.

다시금 에단의 온몸에 활기가 돌기 시작했다.
이걸로 남은 인원은 절반.
'체력은 충분하다.'
"멈추지 마라."
에단이 학생을 보며 말했다.
"계속 휘둘러. 흐름을 이어 가라."
이미 이 대련은 거대한 강물처럼 흐르고 있었다.
"너를 보여 줄 기회다."
에단의 말이 모든 학생들에게 전해졌다.

7장

7장

"헉, 헉."
"쯧."
클라우디 하이드의 학부모 참관 수업.
클라우디는 혀를 차며 학부모 참관 수업을 끝마쳤다.
수많은 학부모들이 그런 클라우디에게 박수를 쳤다.
그야말로 명강의였다.
어째서 클라우디 하이드가 이 이베카 최연소로 마스터에 가까운 교사인지 알 만한 수업이었다.
"훌륭했어. 암, 이베카에 이런 선생님들이 있으니 믿고 맡길 수가 있는 거지."
"조금 격렬하긴 했지만, 올바른 길을 가려면 저 정도는 버티지 않으면 안 되지."

거칠고 공격적인 수업이었으나 학부모들은 만족했다.
그러나 차가운 얼굴로 그 모습을 지켜보는 사람이 있었다.
이 론드 후작령의 주인인 론드 후작이었다.
학부모들을 통제하는 일이 끝나고, 그는 보좌관과 함께 클라우디 하이드 선생의 참관 수업을 찾았다.
후작은 아카데미로부터 특별한 권한을 부여받았기 때문에, 학부모가 아님에도 불구하고 참관 수업을 구경할 수 있었다.
"마음에 들지 않으신가 봅니다, 후작님?"
보좌관은 다른 학부모들과 같은 표정을 짓고 있었다.
정말 대단한 강의였다. 수업을 들으면 저 클라우디 선생이 말하는 것처럼 더 높은 경지로 갈 수 있을 것만 같은 기분이었다.
그러나 후작은 어째선지 기분이 별로 좋지 않아 보였다.
"엘리트로 태어나 엘리트로 살았고 엘리트 교사가 됐다. 그게 문제군."
"예?"
"될 놈만 쓴다는 거야. 자신의 수업에 따라오지 못하면 따라올 수 있도록 돕는 게 아니라 버려두고 간다. 따라올 수 있는 놈만 데리고서 가는 거야."
론드 후작은 혀를 찼다.
"선조께서 보시면 화를 내실 것 같군. 현 이베카 아카데미에서 가장 뛰어나고 훌륭한 교사가 이베카의 설립 이념에 반하는 행동을 하면서 그걸 주류로 만들고 있으니까 말이야."

"……."

확실히 클라우디는 공격적인 성향의 교사였다.

하지만 그럼에도 강의력은 상당했다.

"본래 그런 것 아닙니까, 후작님?"

"……."

후작이 보좌관을 빤히 보다가 고개를 절레절레 저었다.

"시간만 버렸군. 작년엔 그래도 갈등하고 있었는데 말이야. 나는 그래도 클라우디 선생이 그쪽 길로 갈 줄 알았다고."

후작이 자리에서 일어섰다.

강의실 밖으로 나오자마자 시끄러운 소리가 들렸다.

"음?"

"이곳입니다, 후작님. 그 예의 신입 교사인 에단 휘커스 선생이 현재 수업 중입니다."

"오호라, 클라우디 선생의 바로 옆 강의실에서 수업이라."

흥미가 동한 후작은 조용히 뒷문을 통해 강의실 안으로 들어갔다.

거기엔 어정쩡하게 서서 빨려 들어가는 듯한 눈빛으로 중앙을 보고 있는 학생 하나가 있었다. 후작과 보좌관은 그녀를 피해 살짝 옆쪽으로 이동했다.

그러고는 빠악-! 하는 소리와 함께 본격적으로 에단의 수업을 지켜보았다.

"오, 여기는 대련이군요."

"……."

지켜보던 후작이 눈을 크게 떴다.

"허허허."

그러고는 작게 웃었다. 갑자기 후작이 웃자 보좌관이 후작을 보았다.

"저게 바로 작년의 클라우디 선생이 올해 도달했을 거라고 생각했던 경지야."

"예?"

"학생은 꽃이요, 교사는 그 꽃을 담는 병이라, 꽃보다 그 병이 돋보여서는 안 되는 법. 봐라, 저 대련을. 저기서 돋보이는 게 누구지?"

후작의 말에 보좌관이 대련을 자세히 살폈다.

"아……."

그리고 곧장 말의 의미를 깨달았다.

이 대련에서 돋보이는 거라곤 학생 개개인이 가지고 있는 검술뿐이었다. 그 검술을 담는 교사, 에단 휘커스는 보이지 않았다.

"현재 이베카 검술과에서 마스터에 가장 근접한 건 클라우디 선생이 아니라 저 신입 교사로군."

론드 후작은 에단을 강렬한 눈빛으로 쳐다보았다.
그렇게 시간 가는 줄 모르고 대련을 보고 있던 사람들은 마지막 대련 상대로 나오는 학생을 보았다.
학생들 사이에서 아무런 존재감 없이 서 있던 학생이었다.
하지만 앞으로 나오자 그 존재감이 확 퍼지기 시작했다.
타고나기를 포식자로 태어나 실패를 모르고 자라온 공작가의 막내.
그러나 지금은 모든 기대를 잃어버리고 천덕꾸러기로 전락한 메이슨 옐로우드였다.
에단은 의도적으로 메이슨을 맨 마지막에 배치했다.
메이슨은 다른 학생들과 달리 앞으로 나왔음에도 곧바로 움직이지 않았다.
오히려 천천히.
그 걸음 하나하나가 돋보일 정도로 움직였다.
그 앞에 땀범벅이 된 에단이 있었다.
그는 그런 메이슨을 보며 미소 지었다.
'이걸로 메이슨의 벽을 허물고.'
완벽히 자신을 따르도록 만든다.
메이슨은 이 대련으로 지금까지 그를 막고 있던 모든 벽을 허물게 될 것이다.
벽을 허문 메이슨은 빠르게 강해진다.
'지금 이 순간이 바로 그 숟가락을 얹는 타이밍이다.'

메이슨이 번개처럼 움직이며 목검을 휘둘렀다.
 그도 앞선 대련을 보았지만 어느 순간부턴 눈에 들어오지 않았다.
 주변의 소리도 들리지 않았다.
 그저 고요하게 느껴졌다.
 수많은 절망 속에서, 홀로 이겨 낼 수 없는 일들에 모든 걸 포기하게 되었다.
 하지만 이런 식으로 살고 싶지 않았다.
 그럼에도 메이슨은 이런 상황을 훌훌 털어 낼 수가 없었다.
 실패가 진득하게 그의 발목을 붙잡았다.
 늪에 점점 더 가라앉는 느낌이었다. 하지만 그때 누군가가 손을 내밀었다.
 에단 휘커스.
 그 클라우디 하이드가 포기했던 자신에게 다시 한번 손을 내민 사람.
 메이슨은 옛 기억을 떠올렸다.
 모두가 자신에게 기대를 아끼지 않던 그때를.
 아버지의 눈빛에 실망만 가득 차기 전을.
 다 잊어버린 줄 알았는데, 아니었다.
 자신은 항상 기대받는 사람이었다.
 누구나 필요로 하는 사람이었다.
 그렇다면 그 기대에 보답하면 된다.

"후욱."

거센 호흡과 함께 패도적인 옐로우드 검술이 펼쳐졌다. 그에 맞춰 에단 또한 거친 야수처럼 검을 휘둘렀다.

마치 이빨로 찢어발기는 것과 같은 대련이 펼쳐졌다.

메이슨은 앞서 대련을 했던 다른 학생들과는 비교할 수 없을 정도로 수준 높은 검술을 선보였다.

어째서 그가 대련의 마지막을 맡았는지 알 정도로 뛰어난 검술이었다.

"허, 메이슨이 완전히 망가졌다고 하더니, 그런 것도 아니군?"

"공작께서 앓는 소리를 하셨던 건가?"

자식들의 이야기나 주변에서 들리는 이야기로는 메이슨 옐로우드가 이미 후계자 선정 싸움에서 밀려났다고 들었다.

어렸을 적부터 재능을 보여 승승장구하던 때와 달리, 거대한 벽을 만나 무너졌다고 말이다.

그러나 지금 메이슨의 모습은 망가졌다는 말이 어울리지 않을 정도로 훌륭하게 검술을 펼쳐 내고 있었다.

이전과는 완전히 다른 모습에, 옐로우드 공작이 자신도 모르게 자리에서 일어섰다.

"저 신입 교사가 막내를 저렇게 만든 건가."

오늘, 옐로우드 공작은 막내를 후계자 경쟁에서 제외할 생각이었다. 괜한 부추김으로 가문이 시끄러워지는 걸 원하지 않았으니까.
 그러나 지금, 그 생각을 완전히 지웠다.
 "벽을 깼구나."
 "도대체 어떻게……."
 "얼마 전까지만 해도 이렇지 않았는데."
 그런 공작의 반응에 두 형제는 어처구니없다는 표정을 지었다.
 콰앙-!
 지금까지 났던 소리 중 가장 큰 소리가 들리는 것과 동시에 메이슨이 뒤로 물러섰다.
 "허억, 허억."
 목검을 쥔 손이 축 늘어질 정도로 이 짧은 순간에 모든 걸 쏟아 냈다. 이대로 쓰러져 바로 잘 수 있겠다 싶을 만큼 급속도로 피로가 몰려왔다.
 하지만 메이슨은 천천히 다리를 모으고는 에단을 향해 섰다.
 "감사합니다."
 메이슨이 깍듯하게 허리를 숙여 인사했다.
 아카데미에 들어와서 처음이었다.
 허리를 굽혀 인사하는 것도, 감사하다고 말하는 것도 말이다.
 "잘했다."
 에단이 덤덤하게 말했다.

* * *

 수업이 끝나자 학생들의 거친 숨소리를 제외하고 그 어떤 소리도 들리지 않았다.
 다들 자신들이 본 이 엄청난 강의에 말을 잃어버린 것이다.
 그때 학부모석 중앙에서 박수 소리가 들렸다.
 옐로우드 공작이었다.
 그가 짝, 짝, 짝 하고 박수를 치자 뒤이어 다른 학부모들과 교사들, 학생들이 박수를 치기 시작했다.
 짝짝짝짝-!
 우레와 같은 박수가 이어지자 에단은 슬며시 뒤로 물러나며 학생들에게 시선을 주었다.
 땀범벅이 된 학생들은 각자에게 마련된 짧은 대련 시간 동안 온 힘을 쏟았기에 기진맥진한 표정이었다.
 하지만 모두 개운해 보였다.
 그들은 살짝 쑥스러운 표정으로 허리를 숙여 학부모들에게 인사했다.
 그런 학생들을 보는 학부모들의 눈빛은 매우 따스했다.
 몇 번의 긴 호흡으로 체력을 가다듬은 에단은 수없이 많이 뜨는 알림창을 보고 있었다.

-완벽한 참관 수업을 진행했습니다!
-최고 성적으로 참관 수업이 완료되었습니다.
-명성이 큰 폭으로 상승합니다!
-업적을 달성하셨습니다!
-[초만석] 업적 달성에 따라 좋아요를 획득했습니다.
-좋아요를 '10'만큼 얻었습니다!
-[연속 대련] 업적 달성에 따라 좋아요를 획득했습니다.
-좋아요를 '7'만큼 얻었습니다.
-히든 퀘스트를 클리어하셨습니다.
-퀘스트 클리어 보상을 받았습니다!
-완벽한 클리어! 추가 보상이 지급됩니다!

연속 업적 달성.
퀘스트 클리어.
그리고 완벽한 참관 수업으로 인한 보상들이 쏟아졌다.
수업 한 번으로 17개의 좋아요와 추가 보상까지 얻었고, 거기다 아카데미에 와서 가장 큰 폭으로 명성이 상승했다.
"후우우."
에단은 땀을 닦으며 추가 보상을 곧장 확인했다.
'뭔지는 몰라도 이번 수업으로 퀘스트를 받음과 동시에

클리어한 거 같은데.'

 알림창에는 히든 퀘스트의 클리어라고 적혀 있었다.

 거기다 완벽한 클리어라고 하니 강화된 보상을 받을 수 있을 터.

 −퀘스트 클리어 보상을 선택해 주십시오!
 [원하는 스탯+3], [뱀꼬리 방패(S)], [마나 강화의 룬], [흔들리는 불꽃의 룬]

 꽤 괜찮은 보상들이었다.

 바로 고를 수 없을 정도로 각기 명확한 장점을 가지고 있는 것들.

 특히 룬 같은 경우엔 사용하면 곧바로 특성이 생기는 아이템이었다.

 '지금 당장 쓸 수 있는 것, 그리고 미래를 위한 것.'

 에단에게는 지금 당장 더 먼 미래를 생각할 여유가 없었다.

 −보상을 선택하셨습니다.
 −원하는 스탯을 '3'만큼 올릴 수 있습니다!

 에단은 고민하지 않고 체력 수치를 하나 더 올렸다.

 이번 대련에서도 그렇고, 이후 있을 일에서도 체력은

가장 중요한 요소였다. 계속해서 약해지는 에단에게는 과할 정도로 많은 체력이 필요했다.

보상까지 받고 난 에단은 우선 한숨을 돌렸다.

'그래도 고생한 보람이 있어.'

에단은 얻은 보상을 확인하며 흐뭇하게 미소를 지었다. 그러고는 곧바로 침을 만들어 냈다.

푹푹-.

만들어 낸 침을 몸 이곳저곳에 찔러 빠르게 몸을 회복할 수 있게 만들었다.

-한계에 이른 육체를 치료합니다.
-허류 침술의 숙련도가 오릅니다!

이걸로 참관 수업 자체는 끝났지만 오늘 하루가 끝난 건 아니었다. 이후에 또 대비해야 할 일이 있었다.

'이제부터 계획한 연기가 시작될 차례니까.'

에단은 이미 마르틴스 라네에게 명령을 내린 상태였다.

에단이 잠시 회복하는 사이, 학생들은 각자의 부모에게로 향했다.

대부분 뿌듯한 얼굴이었다.

학생들 스스로도 느끼고 있었다.

이번 수업에서 보여 준 게 완벽하지는 않았지만 자신의

검술을 확실히 보여 줬노라고.

"이제 취미로 검술을 하는 게 아니라는 걸 알았죠? 아빠?"

방금 봤냐며 웃으며 자랑하는 이가 있는가 하면 쑥스러운 얼굴로 괜찮았냐고 묻는 학생도 있었다.

"잘했어. 놀고만 있는 줄 알았더니, 아니네?"

"내가 열심히 한다고 했잖아."

"제가 열심히 하고 있다고 분명 그랬잖아요!"

에단은 그들을 보며 슬쩍 웃었다. 그렇게 학부모들과 학생들이 여러 이야기를 나누고 난 이후.

학부모들이 천천히 내려와 에단에게 다가왔다.

"훌륭한 수업이었습니다, 에단 선생님."

"우리 아이를 잘 부탁드립니다."

"선생님이라면 저희 아이를 믿고 맡길 수 있을 듯합니다."

"신입 교사이신데도 이렇게나 훌륭하시다니, 역시 이베카는 달라도 확실히 다르군요!"

에단에게 악수를 건네며 인사를 하는 이.

살짝 고개까지 숙여 가며 수업에 대한 이야기를 하는 이.

귀족들은 완전히 에단의 역량에 만족한 듯 호평을 쏟아냈다.

"나중에 식사라도 한 번 하십시다. 꼭 모시고 싶군요."

"혹시나 아카데미 교사직을 그만 두실 생각이 드신다

면 꼭 제게 연락을 주십시오."
"예, 그러시지요."
 에단은 그런 학부모들에게 미소로 화답했다. 이걸로 마스터로 가는 첫 단계는 밟았다.
 '이 귀족들이 보증인이 되어 내가 빠르게 마스터로 가는 길을 닦아 줄 테니까.'
 귀족들과 인사를 나누고 나중에 식사를 하자는 말에 고개를 끄덕인 에단은 학생들을 돌아보았다.
"잘했다."
 이번에도 짤막한 칭찬과 함께 강의실을 나갔다. 이제부터 더 바쁘게 움직여야 했다.
"지금 우리, 칭찬 들은 거야?"
"야, 이거……."
 피로가 극에 달한 상황이었지만 다들 표정이 좋았다.
 이런 단순한 칭찬이 이렇게 기분 좋을 줄은 몰랐다.

* * *

 에단의 참관 수업은 끝났지만 아직 다른 교사들의 참관 수업이 이어지고 있었다.
 시간대가 애매해서 조금 휴식한 뒤에 참관 수업을 들어야 하는 귀족들은 학부모 휴식을 위해 마련된 제2광장에서 휴식을 취하고 있었다.

아름다운 정원처럼 꾸며진 제2광장의 중앙엔 큰 연못이 있었다. 그 연못을 중심으로 아름다운 풍경이 펼쳐졌다.
 몇몇 학부모는 이곳에서 자식들과 함께 식사를 하고 있었다.
 이 제2광장은 동쪽 대문이랑 가까웠는데, 이 동쪽 대문이 바로 그랜드혼과 연결된 곳이었다.
 굳건히 잠겨 있는 동쪽 대문.
 그랜드혼과 연결되어 있는 탓에, 사실상 이 동쪽 대문은 닫혀 있다고 봐도 무방했다.
 그 동쪽 대문에 얼굴을 가린 사람이 어슬렁대고 있었다.
"……."
 그는 대문에 설치된 아티팩트에 새카만 무언가를 가져다 댔다. 그러자 아티팩트에 금이 쫙 가기 시작했다.
 동시에 단검을 던져 대문을 고정하는 장치를 박살 냈다.
"이걸로 준비는 끝이다."
 그는 명령을 받은 대로 동쪽 대문을 열 준비를 했다.
 앞으로 정확히 10분 뒤, 문은 완전히 열리게 될 것이고 열린 문으로 새벽회의 작업이 시작될 것이다.
 마르틴스 라네는 전체적인 새벽회의 그림을 알지 못했다.
 하지만 사도가 참여하는 이번 일의 가장 핵심적인 역할이라 할 수 있는 문을 여는 역할을 맡게 되어서 영광이라고 생각했다.

"적어도 사도께서 내가 누구인지 알고 계시는 거니까!"

첫 만남은 최악이었지만 그래도 확실하게 기회를 부여받았다.

이 기회를 제대로 살리면 된다.

"확실하게 살려야겠어."

이 자리에 오기까지 얼마나 많은 일이 있었던가. 아카데미에 잠입하기 위해 꽤 많은 노력을 했다.

'회의 신뢰와 대계를 위해서 백이 넘는 사람을 죽였다.'

오늘이야말로 그 모든 고생의 보상을 받을 시간이었다. 세컨드 오더의 자리를 넘어 이 아카데미의 퍼스트 오더가 될 수도 있는 법!

"후우우욱."

마르틴스는 곧바로 계획이 펼쳐질 제2광장으로 뛰었다. 그곳에서 마르틴스는 영웅이 될 것이다.

'계획은 확실하게 전해 들었다. 사도님의 계획에 따라 움직이면 돼!'

쿠르르릉-!

2광장으로 뛰는 도중에 굉음이 들렸다. 동쪽 대문이 열리는 소리였다.

쾅-! 쾅-!

여기에서도 소리가 들릴 정도로 강렬한 발소리였다.

"크으, 엄청난 놈이 왔구나!"

역시 새벽회의 힘은 강대하다. 저런 몬스터를 길들일 수 있는 고위 신자가 있을 줄이야.

'내가 저 몬스터를 처리하면 되는 건가! 크으으으, 저 몬스터를 처리하고 새벽회에서 중요한 위치로 발돋움하리라!'

"크르르르르르르릉!"

천지를 가르는 듯한 울음소리였다.

제2광장에 있던 귀족들이 순간 당혹감과 두려움에 물든 눈빛을 보였다. 본능적으로 저마다 무기를 꺼내 들었지만 동시에 깨달았다.

제약된 마나.

가진 힘을 제대로 발휘할 수가 없다.

저 거대한 백호가 내뿜는 피어에 몸이 굳었다. 백호의 눈이 그 자리에 있던 귀족들에게 향했다.

이윽고 백호의 눈이 한 귀족에게서 멈추었다.

콱-!

백호가 강하게 땅을 밟고 허공을 가르며 쇄도했다.

거대한 앞발이 대상으로 삼은 귀족을 그대로 짓뭉개려 들었다.

"젠장."

귀족, 뢴트겐 후작이 욕지거리를 내뱉으며 검을 휘둘렀다.

안 될 걸 알면서도 휘둘렀다. 그의 뒤에는 딸이 있었으니까. 자신이 피하면 딸이 저 앞발에 그대로 찢겨 나간다.

그 무시무시한 앞발이 뢴트겐 후작을 찢어발기려는 그 순간.

"까앙-!"

날카로운 백호의 발톱과 검이 맞부딪쳤다. 후작의 검이 발톱에 닿기 전에 다른 누군가가 그 사이에 끼어든 것이다.

"!"

"에, 에단 휘커스 선생!"

주변에서 에단을 알아본 귀족들이 소리쳤다.

뢴트겐 후작은 그가 누구인지 알아보진 못했으나 그 이름은 알고 있었다.

포션 제조학 수업을 듣는 자신의 딸이 엄청난 선생님의 수업을 듣게 됐다고 좋아했었으니 말이다.

"뒤로 물러나십시오!"

에단의 거친 목소리에 후작과 그의 딸이 뒤로 물러났다.

"괜찮으십니까?"

"덕분에! 정말 고맙네!"

에단은 산왕 백호와 순간적으로 눈빛을 마주쳤다.

서로 간 정확하게 맞춘 합.

이 모든 것이 연기였다.

백호는 설마하니 에단이 이 아카데미의 교사일 거라고는 생각하지 못했다.

하지만 달의 여신님의 후예라면 이 대단한 아카데미의

교사 정도야 얼마든지 할 수 있을 거라는 생각이 들었다.
"크릉-!"
그렇게 합을 맞추며 싸우던 백호가 강한 일격을 날렸다. 에단이 쭈욱 뒤로 밀려나고는 입가에서 피를 흘렸다.
물론 이 피는 입술을 깨물어 만든 것이었다.
"젠장!"
어색한 연기였지만 방금까지 땀을 한 바가지를 흘린 탓에 한층 더 병약해 보이는 에단의 모습에 모두가 다 안쓰럽다는 표정을 지었다.
누군가가 나서서 그를 도와야 했다.
하지만 마나가 제약된 상태에다 각자 자식들이 옆에 있는 바람에 섣불리 움직이는 사람이 없었다.
산왕 백호는 에단을 슬쩍 보고는 다시 시선을 돌렸다. 이제 다음 스텝이었다. 에단은 이번 습격 사건에서 중심이 될 생각이 없다고 했다.
그러면서 이득을 얻어야 했는데, 지금 이 순간이 바로 에단이 이득을 얻는 순간이었다.
본래의 암살 대상이었던 뢴트겐 후작을 살림과 동시에 이걸 보고 있는 많은 귀족들에게 참된 선생이라는 이미지를 심어 준 것이다.
이걸로 이득은 얻었다. 다음은 이 몬스터의 습격 사건의 중심에서 멀어지는 일이었다.
"크르릉!"

백호가 엄청난 속도로 대각선으로 뛰었다. 대각선에 그 대상이 있었다. 아카데미의 교직원이자 달의 추종자의 배신자인 드리치에게 산왕의 앞발이 휘둘러졌다.

 "끄으으악!"

 그 일격에 드리치가 그대로 절명했다. 드리치가 끔찍하게 쓰러지자 귀족들 몇몇이 도망치기 시작했다.

 이 사태를 정리할 수 있는 사람을 불러와야 했다.

 "거기까지다! 이 망할 짐승 놈!"

 그때 마르틴스 라네가 등장했다.

 에단의 세운 계획의 마지막 등장인물이자 주인공이었다. 이번 몬스터 습격 사건의 모든 시선은 이 마르틴스 라네가 가져갈 예정이었다.

 '마르틴스 라네에게 맡겨 놓고, 나는 호루스의 눈으로 달의 추종자 놈을 찾는다.'

 에단은 대도적의 극의를 사용해서 존재감을 빠르게 지운 후에 근처를 살폈다.

 몬스터를 부리는 달의 추종자 놈은 에단이 죽였지만, 그놈에게 명령을 내린 달의 추종자가 아직 살아 있기 때문이었다.

 분명 이 자리에 있다. 모습을 바꿨거나 혹은 감추고 있을 테지만, 상황이 계획과 다르게 흘러가고 있으니 티를 안 낼 수가 없을 터.

 '원래대로라면 아까 그 움직임에 뢴트겐 후작이 죽었어

야 했다.'

하지만 그건 에단이 막았다.

그리고 산왕 백호는 갑자기 나타난 마르틴스 라네가 상대하고 있었다.

'배신자인 드리치는 죽었지만 계획이 상당히 어그러진 상태야. 분명 산왕 백호를 컨트롤하고 있을 동료를 찾으려 들겠지.'

하지만 그 동료는 이곳에 없다. 또한 산왕 백호는 지금 조종당하는 상태가 아니었다.

'물론 그걸 알 턱이 없겠지. 백호의 목에 그 황금색 목줄이 걸려 있으니 말이야.'

에단이 호루스의 눈을 활성화시켰다. 그사이 마르틴스 라네는 산왕 백호에게 검을 휘둘렀다.

백호는 마치 놀아 주듯 마르틴스의 검에 앞발을 내밀었다.

마르틴스 라네는 꽤 실력 있는 검사였지만 산왕 백호만큼 강하진 않았다. 하지만 백호에게 자신의 검술이 통하는 듯하자 자신감을 더 얻었다.

"흐압!"

절대 이 기회를 놓치지 않겠다는 듯 검을 휘두르는 마르틴스.

그리고 순간 에단의 눈에 슬며시 움직이는 누군가가 보였다.

에단에게는 익숙한 달의 추종자 쪽의 발걸음이었다.

산왕 백호를 이용하려던 계획이 틀어질 것 같자 직접 뢴트겐 후작을 암살하려는 듯한 움직임이었다.

에단은 슬며시 뢴트겐 후작 쪽으로 다가갔다.

대도적의 극의는 거리가 가까울수록 들킬 확률이 낮아진다.

'단숨에.'

뢴트겐 후작의 사각지대로 들어온 사내가 그대로 단검을 쥐고 자세를 잡았다. 이쪽도 단숨에 후작을 찌르려는 듯했다.

그가 호흡하고 발에 힘을 주는 그 타이밍에 에단 또한 사내의 사각지대로 들어와 있었다.

콱-!

발로 땅을 강하게 차는 순간 에단의 서리검이 뽑혀 나왔다.

샤아악-.

"문포스."

에단은 현재 가진 최강의 기술인 문포스를 달의 추종자에게 시전했다.

샤아아아아악-!

순간 달의 추종자가 급하게 뒤를 돌아보았다. 하지만 이미 늦었다. 그는 뢴트겐 후작을 찌르는 그 자세를 바꿀 수가 없었다.

콰앙-!

그와 동시에 마르틴스 라네와 백호가 충돌하며 굉음을 냈다.

모두의 시선이 마르틴스와 백호를 향했다.

에단이 달의 추종자를 처리하는 모습을 그 누구도 보지 못했다는 소리였다.

마르틴스에게는 기다란 세 갈래의 상처가 났고, 백호 또한 크게 다친 듯 피를 흘리고 있었다.

그들에게 시선을 쏠린 사이.

에단의 검에 당한 달의 추종자가 쩌저적 얼어붙는 소리와 함께 얼어 가기 시작했다.

"너, 너…… 어, 어떻게……!"

상황을 제대로 이해하지 못한 얼굴이었다. 하지만 이해할 새도 없이 그대로 얼어붙고 말았다.

"그니까 방해하지 말았어야지. 난 살아야 한다고."

에단이 얼어붙은 추종자에게 발길질을 했다.

쨍강-!

얼어붙은 추종자가 그대로 얼음 덩어리가 되어 산산조각이 나고, 그와 동시에 에단이 화살처럼 튀어 나가며 소리쳤다.

"이럴 수가! 마르틴스 선생님이 스스로 목숨 바쳐 몬스터를 몰아내시다니!"

에단은 죽은 마르틴스를 흔들었다. 물론 죽은 마르틴스

가 일어나는 일은 없었다.
 백호는 확실하게 마르틴스를 처리하고 도망치고 있었다. 마르틴스의 검에 심한 상처를 입은 것처럼 절뚝이는 것도 잊지 않았다.

8장

8장

'완벽하군.'

완벽하게 계획이 진행됐다. 이번 일을 주도하던 달의 추종자를 처리했다. 뢴트겐 후작을 지켰으며 모든 시선을 마르틴스 라네에게 돌렸다.

전부 다 에단이 원하던 대로였다.

조금 빠듯했지만 이 정도면 나쁘지 않은 결과였다.

"백호가 도망친다!"

"빌어먹을, 저 백호 놈이!"

"저 백호 놈을 잡아야 합니다!"

"저놈이 두 명을 죽이고 도망쳤습니다!"

빠득-!

귀족들은 이를 갈며 분노했다. 마나가 제약되고 자식이

있어 움직이지 못했다.
 익숙하지 않은 무력감에 이들은 분노가 치솟았다.
 귀족들이 소리침과 동시에 저 멀리서 아카데미 내의 기사단과 마법병단이 모습을 보였다.
 빠르게 도착한 기사단과 마법병단이 상황을 수습하려 들었다.
 "괜찮으십니까!"
 "몬스터는 어디에!"
 "저희가 처리하겠습니다!"
 아카데미 수호 기사단이 빠르게 각 귀족 사이로 들어가 귀족들을 지킬 진형을 구축했다.
 아카데미 마법병단 또한 빠르게 마법을 펼쳤다.
 "이미 상황은 다 끝났소. 몬스터는 저쪽으로 도망갔단 말이오!"
 귀족의 말에 기사단과 마법병단이 추격자가 가리킨 곳을 향해 빠르게 움직였다.
 하지만 이미 백호는 저 멀리 도망간 상태였다.
 그때 에단이 소리쳤다.
 "도움이 필요합니다! 여기 마르틴스 라네 선생님께서!"
 추격하려던 기사단이 그대로 에단을 보았다. 에단의 품에는 마르틴스 라네가 안겨 있었다.
 피를 흘리는 마르틴스 라네는 누가 봐도 빠른 처치가 필요해 보였다.

"빨리!"

마법사들이 에단과 마르틴스 라네에게 다가왔다.

'마르틴스는 이번 몬스터 습격 사건의 영웅이 될 거야. 모든 시선이 마르틴스에게 쏠리게 될 거고, 달의 추종자들은 이번 일이 성공도 실패도 아니라고 생각하겠지. 그저 조금의 사고가 있었을 거라고만 생각할 거야.'

그게 에단이 노리는 바였다.

이 이베카 아카데미에 달의 추종자 세력이 더도 말고 덜도 말고 적당하게 힘을 싣는 것.

그래서 학기 후반기에 있을 몰락 사건 전까지 다른 변수가 생기지 않게 만드는 것이었다.

그래야만 그 몰락 사건의 결과를 완벽하게 바꿀 수 있으니 말이다.

'이걸로 나보다는 마르틴스가 확실히 시선을 끌었어. 그쪽에서도 의도적으로 이번 일을 망친 건지, 누가 개입된 건지 몰라 혼란스러울 거야.'

또한 달의 추종자 쪽에서 에단을 의심할 리도 없었다.

에단은 쓰러진 마르틴스를 보며 표정 연기를 시작했다.

아이러니하게도 마르틴스는 죽어서 원하던 걸 얻게 되었다.

'이런 것도 과분한 놈이지. 놈에게 죽은 사람들이 이걸 봤다면 얼마나 통쾌해했을지.'

마법병단이 마르틴스의 상태를 확인하더니 고개를 저었다.
"사망하셨습니다."
"후우, 결국 이렇게……."
에단은 눈을 감고 슬픈 듯 어깨를 들썩였다.

　　　　　　　　＊　＊　＊

교장실 안에 에단과 교장, 그리고 부교장이 있었다. 교장은 이번 일의 목격자인 에단에게 자세한 이야기를 듣고 있었다.
"휴식을 위해서 제2광장으로 가고 있었습니다."
제2광장에 도착하자마자 백호를 만났고, 그 백호를 마르틴스 라네가 처리했다는 이야기를 했다.
그리고 그 과정에서 학부모들이 크게 다칠 뻔했다는 이야기도 곁들였다.
"마르틴스 선생님이 백호를 막았습니다. 마르틴스 선생님이 아니었으면 더 큰 피해가 생겼을 겁니다. 마르틴스 선생님이 광장에 있던 수많은 학부모님들과 학생들을 구한 거나 다름없습니다."
"허어! 이런 일이 벌어지다니……."
"이번 일로 학부모들에게 우리 이베카의 안전에 대한 의심이 생길 겁니다."

이번 사태는 아카데미에 있어 상당한 타격이었다.

이 이베카 아카데미는 마나 제약을 통해 귀족가의 자제들이자 이베카의 학생들을 지킨다는 걸 모토로 삼고 있었다.

안심하고 보낼 수 있는 아카데미라는 이미지를 구축하고 있었거늘.

하필 학부모 참관 수업 당일에 이런 일이 일어나다니.

교장과 부교장의 표정이 굳어졌다.

이번 일을 어떻게 수습해야 할 것인가.

그렇게 고민하고 있을 때.

"학부모님들께서 찾아오셨습니다."

교장과 부교장은 혀를 찼다.

아직 어떻게 일을 처리해야 할지 정하지도 못한 마당에 학부모들이 찾아왔으니.

별로 좋은 상황은 아니었다.

그 옆에 있던 에단은 조용히 상황을 관망했다.

드르륵-.

문이 열리고 제2광장에 있던 학부모들 몇몇이 들어왔다.

뢴트겐 후작을 포함한 학부모들은 별로 표정이 좋지 않았다.

"우선 죄송하다는 말씀을 드리겠습니다."

교장이 고개를 숙이려 하자 그들의 대표 격인 뢴트겐

후작이 손을 들어 제지했다.
"아니요, 항의하러 온 게 아닙니다."
"예?"
뢴트겐 후작이 에단을 보고는 고개를 숙였다.
지방 귀족가의 자제이자 신입 교사에게 후작이 고개를 숙이다니. 순간 교장까지 당황할 정도였다.
하지만 에단은 침착했다.
"에단 휘커스 선생님, 구해 주셔서 감사합니다."
"감사합니다!"
갑작스런 학부모들의 행동에 교장은 굉장히 당황했다.
방금 에단에게 이야기를 듣기론 사망한 마르틴스 라네 교사가 이번 일을 처리했다 들었다.
그 과정에서 에단은 뒤늦게 상황을 목격한 목격자로만 생각했다.
그도 그럴 것이, 에단은 자기가 뭘 했다는 말을 하지 않았기 때문이었다.
그런데 학부모들은 에단에게 고개를 숙이고 있었다.
그 고고한 뢴트겐 후작이 고개를 숙이며 감사를 표하고 있었으니, 교장의 입장에서는 도통 이해가 가지 않았다.
"대체 이게……."
뢴트겐 가문은 꽤 오랜 기간 중앙 남부 쪽을 꽉 잡고 있는 가문이었다. 그런 가문을 이끄는 후작의 말에는 강한 힘이 있었다.

"말씀은 감사합니다만, 제가 한 건 별로 없습니다. 마르틴스 라네 선생님께서 나서 주시지 않았다면 백호를 이기지 못했을 겁니다. 저는 목숨을 걸고 백호와 싸우신 마르틴스 선생님께 이 공을 돌리려고 합니다.

뢴트겐 후작과 다른 학부모들은 그런 에단을 보고 흐뭇한 미소를 지었다.

이렇게나 겸손할 줄이야.

에단이 먼저 나서지 않았으면 마르틴스가 백호를 상대할 타이밍도 없었을 것이다.

거기다 뢴트겐 후작을 직접적으로 구했으니, 무언가 답례나 보상을 바라도 됐다.

후작 또한 자신과 딸의 목숨을 구함받은 셈이니 그 어떤 보상이라도 할 생각이었으니까.

"에단 선생님의 참관 수업을 못 봤지만, 선생님이 어떤 선생님이신지 잘 알 것 같습니다. 제 딸을 잘 부탁드립니다."

"제 아들놈을 잘 부탁드립니다!"

"이번 일, 절대로 잊지 않겠습니다. 제 도움이 필요하시다면 꼭 찾아와 주십시오."

학부모들이 에단에게 손을 내밀었다.

그리고 마지막으로 뢴트겐 후작이 품에서 뭔가를 꺼내 에단의 손에 쥐어 주었다.

"그건……."

옆에서 지켜보던 교장이 놀란 눈으로 뢴트겐 후작이 건넨 물건을 보았다.

후작가의 문양이 새겨진 일종의 감사패였다.

값비싼 광물인 오리할콘으로 만들어진 물건으로, 이것을 받은 후작가의 은인이 감사패를 내밀면 후작가가 해줄 수 있는 건 뭐든지 들어준다는 물건이었다.

에단은 잠시 뢴트겐 후작의 눈을 보고는 순순히 감사패를 받아들였다.

"거절하는 건 예의가 아니겠군요."

"과한 겸손은 독이지요, 선생님."

뢴트겐 후작이 미소 지었다.

그 모습에 교장이 슬쩍 끼어들었다.

"그럼 이번 일은……."

"듣자 하니 그랜드혼 쪽에 문제가 생긴 것 같더군요, 교장 선생님. 까딱하면 정말 대참사가 날 수도 있었지만 우선은 에단 선생님을 봐서 넘어가겠습니다. 하지만 아예 없던 일로는 안 될 겁니다."

"저희의 실책입니다. 확실히 처리하도록 하겠습니다."

상당히 굳은 표정이었던 교장의 표정이 다시 좋아졌다.

설마하니 이 정도로 이번 일을 넘길 수 있을 거라고는 생각하지 못했다.

뢴트겐 후작의 말처럼, 이번 일은 정말 대참사가 날 수도 있던 일이었다. 학부모들 쪽에서 무슨 요구를 해 오더라도 받아들여야 하는 상황이었다.

신뢰라는 것은 쌓기는 어려워도 무너지는 건 아주 쉬웠으니까.

그럼에도 좋게 넘어갈 수 있었던 건 온전히 에단 휘커스 선생 덕분이었다.

교장이 에단에게 잘했다는 듯이 엄지를 몰래 들어 보였다.

이걸로 사태가 생각보다 더 좋게 흘러갈 듯했다.

"이번 일은 확실하게 처리하고 넘어가도록 하겠습니다. 한 번 더 믿어 주셔서 감사합니다."

교장이 깍듯하게 인사를 했다.

* * *

이번 참관 수업은 여러모로 충격적으로 마무리가 됐다.

첫 번째 충격은 당연하게도 참관 수업을 했던 교사들에 대한 이야기였다.

"진짜 깜짝 놀랐어. 그런 식으로 수업을 할 수 있다니. 신입 교사가 할 수 있는 강의 퀄리티가 아니야."

"75명이야, 75명. 대충 1분 좀 넘는 시간 동안 75명이 전부 다 대련을 했어. 그냥 검술 수련하듯 대련을 한 것도 아니야. 격렬하게, 검술의 아름다움을 알 수 있도록 했지."

에단의 강의는 학부모와 학생들뿐만 아니라 동료 교사들도 함께 들었다.

에단이 어떤 방식으로 수업을 하는지 궁금해했던 교사들은 그 강의를 보고 충격을 받았다.

그리고 자신이 신입 교사였던 시절을 떠올렸다.

"그렇게 대련을 하면서 은근하게 자세를 교정해 주더라니까? 그게 말이 돼?"

교사들은 하나같이 에단의 강의에 감탄했다.

질투조차 나지 않을 정도로 훌륭한 강의였다.

동시에 클라우디 하이드의 참관 수업에 대한 이야기도 나왔다.

"작년엔 클라우디 선생님 수업에 사람이 제일 많이 몰렸었는데."

"올해는 에단 선생님 수업에 더 많이 몰렸다던데?"

"검술과에 클라우디 선생님만큼 대단한 선생님이 한 분 더 생기다니."

"검술과로 전과해야 하나?"

같은 기사학부의 다른 과 학생들은 검술과로의 전과를 진지하게 고민하기 시작했다.

이제 그 누구도 에단의 수업을 의심하는 사람은 없었다.

확실하게 증명했으니, 이제는 학생들도 교사들도 에단을 인정할 수밖에 없었다.

"역시."

"동기라는 게 자랑스럽군."

이리스 파케타와 시론 램스데일은 이번 이야기에 흐뭇한 미소를 지으며 고개를 끄덕이고 있었다.

"우리도 이번에 동기 덕을 꽤나 봤으니 말이야."

둘을 포함해 이번 학부모 참관 수업을 진행했던 신입교사들은 에단이 준 팁을 십분 활용해서 수업을 했다.

덕분에 학부모들의 반응이 매우 좋았다.

학생들 또한 골고루 좋은 모습을 보여 줄 수 있어 꽤나 만족했다.

"따로 뒤풀이라도 하고 싶은 데 말입니다. 상황이 상황이니 나중에 해야겠어요."

"설마 그런 일이 벌어졌을 줄은 몰랐는데요."

제2광장 몬스터 습격 사건.

이야기를 들은 사람들은 설마 이베카 아카데미 내에서 몬스터들이 습격해 오는 일이 벌어질 줄은 몰랐다는 표정들을 지었다.

일단 사람이 죽었다는 사실은 교장과 부교장이 통제해두었고, 사건이 다 정리됐다는 말에 학부모 참관 수업은 성황리에 마무리되었다.

* * *

아카데미 대회의실.
이번 학부모 참관 수업에 참여한 모든 교사들이 한 자리에 모여 있었다.
"다들 모였나?"
"예, 교장 선생님. 모든 교사들이 모였습니다."
"그럼 우선 이번 안타까운 일에 대해서 이야기를 하지. 다들 들었겠지만 이번 습격 사건으로 두 명이 죽었다는 건 이야기가 더 퍼지지 않게 통제해 두었소. 내일 진행될 추모식 때 발표를 할 생각이오. 오늘은 학부모 참관 수업을 잘 마무리해야 하니까."
교장이 안타깝다는 표정을 지으며 말했다.
교사들 또한 고개를 숙였다. 짧은 묵념 이후 교장이 박수를 짝 한 번 쳤다.
침울하게만 있을 수는 없었다.
"다들 이번 참관 수업을 준비하고 진행하느라 정말 고생들 많았소!"
교장이 말했다.
"불미스러운 일이 있었고 안타까운 결과가 나왔지만, 그래도 학부모 참관 수업을 잘 마친 건 여러분들이 각자의 자리에서 열심히 노력해 준 덕분이오."

교장은 그렇게 말하며 교사들과 눈을 마주쳤다.
 클라우디 하이드에 이르러서 꽤 오래 마주쳤고, 마찬가지로 에단과도 눈을 마주쳤다.
 "이번에 들어 온 신입 교사들까지 다 수업을 잘 마쳐 주었으니, 올해 신입 교사들을 아주 잘 뽑았다는 생각이 드는군."
 교사들의 시선이 순간 에단에게로 향했다.
 작년까지만 해도 클라우디에게 향하던 시선들이었다. 하지만 클라우디는 신경 쓰지 않는 듯한 얼굴이었다.
 "그럼 이번에도 이야기를 해야겠지. 우리 이베카의 학부모 참관 수업에는 전통이 있다네. 수업을 잘 들었다는 의미와 자신의 자식을 잘 가르쳤다는 의미로 학부모들이 기부금을 내주는 전통이지."
 교장이 그렇게 말하며 학부장들에게 손짓했다.
 학부장들이 뒤로 빠졌다.
 "그리고 이 기부금은 각각 교사의 이름으로 들어오고."
 기부금을 확인한 두 학부장은 곧바로 기부금이 누구 앞으로 들어왔는지 발표했다.
 "기부금의 액수에 따라 순위가 정해진다네. 어떻게 보면 이 기부금의 액수가 강의를 얼마나 잘했는지 알려 주는 지표가 될 수도 있지."
 물론 전통적인 행사의 마무리였기 때문에 진지함이 결여되어 있긴 했다.

그럼에도 불구하고 이 기부금을 많이 받는 교사는 대체적으로 인정을 받았다.

"딱 1위만 알려 줄 걸세. 어차피 돈으로 순위를 매기는 게 중요한 게 아니니. 가장 많이 받은 게 누구인지만 알면 되니까 말이야."

다들 긴장한 표정을 지었다.

오늘 학부모 참관 수업에서 가장 이야기가 많이 나온 교사 둘이 이곳에 있었다.

에단과 클라우디.

신입 교사와 검술과를 이끌어 나갈 베테랑 교사.

"1위는."

모두가 교장의 입에 집중했다.

"1,500만 골드. 에단 휘커스 선생."

* * *

1,500만 골드라는 말에 교사들이 놀란 눈으로 에단을 보았다. 심지어 그 클라우디도 표정이 굳을 정도였다.

"1,500만이면······."

"작년 클라우디 선생님보다 300만 골드 더 많은 돈이네요."

"저런 거액의 돈을 기부받다니, 도대체······."

교사들이 웅성거리기 시작했다.

도대체 어떤 수업을 했길래 1,500만 골드를 기부금으로 받은 건지 이해할 수가 없었다.

하지만 에단의 참관 수업을 직접 본 교사들은 그 액수가 합당하다는 듯이 고개를 끄덕였다.

"그 정도 수업을 했는데 1,500만이면 맞는 돈이지."

"오히려 그 정도도 못 받는 게 말이 안 되는 거지."

"축하하네, 에단 선생. 에단 선생의 1,500만 골드는 우리 아카데미에서 받았던 기부금 중에 최고액일세."

교장의 말에 다들 박수를 치기 시작했다.

클라우디 또한 예의상 박수를 쳤다.

에단은 그런 교사들을 향해 슬쩍 고개를 숙였다.

"감사합니다, 선생님들."

"수업 굉장했어요, 에단 선생님."

"직접 봤는데 정말 놀랄 정도였거든요."

"많은 도움이 됐습니다. 열정 같은 건 다 사라진 줄 알았는데, 선생님 덕분에 다시 끓어오르지 뭡니까. 하하핫-."

교사들은 능청을 떨며 에단에게 말을 걸었다. 확연히 달라진 관심이었다.

몇몇 교사들은 슬쩍 클라우디의 눈치를 보았다.

하지만 클라우디는 정말 아무렇지 않아 보였다.

"못 봐서 아쉽게 됐군, 에단 선생."

오히려 에단을 보며 피식 웃기까지 했다.

에단은 그런 클라우디를 보았다.
'역시 그대로구만.'
클라우디는 에단이 알고 있는 모습과 똑같았다.
"다들 고생했네. 준비하느라 고생 많았을 텐데, 제대로 푹 쉬게나."

* * *

"끝까지 학생과 학부모님들을 지켜 주신 마르틴스 선생님께, 모두 묵념."
마르틴스 라네의 추모식이 이어졌다.
"마르틴스 선생님이 아니었다면 그곳에 있던 학생들이 크게 다치거나 죽었을지도 모릅니다. 마르틴스 선생님은 이베카 아카데미의 교사답게 학생들을 지켰습니다."
라네 가문에서 급하게 달려온 마르틴스의 부모는 망연자실한 표정을 짓고 있었다.
마르틴스는 라네 가문의 방계 출신으로, 방계 출신이면서 이베카에 들어온 꽤 재능 있는 귀족이었다.
물론 그의 부모는 마르틴스가 달의 추종자라는 걸 모르고 있었다. 아카데미에 들어오는 데 달의 추종자의 도움이 컸다는 것도.
그 자리에 오르기 위해서 수많은 사람들을 죽여 왔다는 것도.

이미 이베카 아카데미의 수많은 정보들이 그쪽으로 넘어갔다는 것도 몰랐다.

"으흐흑, 마르틴스······."

엄숙한 분위기 속에서 마르틴스의 어머니가 눈물을 흘렸다.

그의 아버지 또한 슬픔에 빠졌지만 아들의 최후에 학생과 학부모들을 지켰다는 사실에 마음을 다잡았다.

"마르틴스 선생님은 모두의 마음에 깊이 기억되어 살아갈 겁니다."

그리고 이런 마르틴스의 추모식을 은근히 지켜보는 교사와 행정 교직원이 있었다.

이 행정 교직원은 아카데미 내의 계획을 준비하는 달의 추종자 쪽 사람이었다.

어떻게 된 일인지 일이 틀어졌다.

그리고 이 모든 문제의 시작이 마르틴스 라네라고 판단했다. 무언가 목적을 가지고 방해한 줄 알았다니, 저렇게 죽어 버릴 줄이야.

뭔가 일이 잘못되어도 한참 잘못 됐다.

조용히 물러난 두 달의 추종자는 아무 일도 없었던 것처럼 묵념을 지속했다.

이어서 드리치에 대한 추모도 이어졌다.

교직원이었던 드리치는 몬스터에 의한 희생자였지만 안타깝게도 가족이 없었기에 교장이 대신 중심에 서서 그에 대한 추모를 진행했다.

그렇게 추모식이 끝나고, 참관 수업이 공식적으로 종료가 되었다.

추모식이 끝난 후.

본래라면 참관 수업이 무사히 잘 끝난 기념으로 파티가 있어야 했지만 사람이 죽은 마당에 파티가 벌어질 순 없었다.

그게 에단에게는 오히려 이득이었다.

그랜드혼.

풍운을 이용해 그랜드혼으로 온 에단은 곧바로 산왕 백호의 영역으로 들어섰다.

"일이 잘 풀리셨습니까?"

"잘 풀렸어. 아주 대단하던데, 백호."

에단은 백호의 연기력에 감탄했다. 마르틴스 라네와 치열하게 싸우는 것처럼 연기하고 마지막에는 치명상을 입어 도망치는 것처럼 보이게 만들었다.

그 귀족들마저 정말 백호가 상처를 입어 도망쳤다고 느낄 정도로 완벽한 연기였다.

"거기서 까딱 잘못했다간 정말 죽을 수도 있으니까요."

백호가 그르릉거리며 말했다.

"하지만 이번 일은 상당히 쉬웠습니다. 제 목숨을 구해주신 것에 대한 대가로는 모자랍니다."

거기다 에단은 자신이 오래토록 지키고 있던 달의 여신

의 후예 아닌가.

"그렇다면 혹시 다른 달의 신전이 어디 있는지 알고 있나? 달의 여신께서 이미 잊힌 신전들을 찾으라고 하셨거든."

"크르릉, 한 곳 알고 있는 곳이 있습니다."

백호는 마치 오래된 기억을 떠올리듯 말했다.

"후예님의 말씀처럼 지금 달의 여신께서는 잊힌 신이 되셨고, 이 신전 또한 그런 고대 신의 신전이라 불리고 있지요. 몇몇 이들은 이곳이 신전인지조차 모릅니다."

서글픈 듯 말하는 백호는 언제부터 달의 여신이 몰락하게 되어 버린 건지 한탄했다.

"이 그랜드혼을 중심으로 북쪽 끝의 사막에 여신님의 신전이 있습니다. 그곳에 여신님의 신자들이 모여서 신전을 중심으로 마을을 이루고 살았었죠. 지금은 모르겠습니다만, 제가 이 그랜드혼에 오기 전엔 그곳에서 있었습니다."

띠링-.

-퀘스트를 받았습니다.

* 《〈잊혀진 고대의 신전〉》 등급 [A]
[당신은 문포스의 신전지기인 백호로부터 오래된 신전의 위치를 들었습니다. 그 오래된 신전을 찾으십시오.]

[보상 : 달의 여신의 축복]

에단은 백호의 퀘스트를 받았다.
"혹시 제 도움이 더 필요한 일이 있다면."
크르릉-!
백호가 낮게 울며 말했다.
"다시 그랜드혼을 찾아 주십시오."
"혹시 말이야. 이 신전에 신자가 필요하지 않을까 싶은데."
"신자가 있으면 좋지요. 하지만 제가 지키고 있는 이 신전은 너무도 위험해 인간이 찾아올 수가 없습니다."
"굳이 인간일 필요는 없잖아? 신전지기인 너도 당장 인간이 아닌데."
에단의 말에 백호가 어리둥절한 표정을 지었다.
"그렇다면 누구를?"
"황금 늑대들. 신자로 전환시킬 수 있지 않을까 싶은데."
"음."
산왕이 잠시 생각하더니 고개를 저었다.
황금 늑대들과는 오래토록 싸워 온 관계였다.
그들은 오로지 백호의 땅을 빼앗는 데만 관심이 있었다.
"그 늑대들의 우두머리는 영물이 되어 저처럼 사람의

말을 할 수 있지요. 다른 늑대들 또한 사람 말만 하지 못할 뿐, 말을 알아듣긴 합니다. 하지만 저와는 오래토록 싸워 왔습니다. 그들이 원하는 건 그저 저를 이기고 이 땅을 빼앗는 것뿐입니다."

"빼앗으려는 이유가 있지 않나?"

"이곳에 비옥한 호수가 있기 때문이지요."

"그럼 그 호수를 대가로 늑대들을 신자로 삼는 건?"

에단의 말에 백호가 놀란 표정을 지었다.

"이 호수는…… 여신님의 힘이 깃든 호수입니다. 제가 지켜야 하는……."

그렇게 말하고는 눈을 깜빡이며 에단을 보았다.

그가 이곳을 지키는 이유는 결국 달의 여신의 신전을 지키기 위함이었다.

이곳은 여신의 땅이니까.

그런데 눈앞에는 여신의 후예이자 대리인이 서 있다.

"그렇군요. 그런 거군요."

"가자고, 백호."

"예, 후예시여."

* * *

"절반의 성공입니다."

"……절반?"

8장 〈303〉

"죄송합니다, 12사도님. 본래 목적으로 했던 배신자를 처단하긴 했습니다만, 뢴트겐 후작을 처리하지 못했습니다."

"누가 이 계획을 눈치챈 건가? 그게 아니라면 실패할 이유가 없었을 텐데."

"계획을 진행했던 퍼스트 오더 둘과 연락이 닿지 않습니다. 아마도 이번 일을 진행하는 사이에 사망한 듯합니다."

"사망했다고? 어떻게 된 일인지 자세히 설명해라. 그 대답 여하에 따라 이베카 아카데미에 대한 계획을 바꾸어야 하니."

12사도가 인상을 썼다.

이베카 아카데미는 여러 능력 있는 신자들을 보내서 관리해 왔다. 중요한 곳이긴 했으나 사도를 보낼 정도는 아니었다.

새벽회의 일을 눈치채거나 방해할 만한 자는 없었기 때문이었다.

그런데 이렇게 되면 계획을 수정할 수밖에 없다. 사도를 보내 아카데미를 확실하게 처리해야 한다.

"만약 이번 일이 아카데미 내부의 누군가가 의도적으로 방해한 거라면, 그땐 내가 간다."

"저희 쪽에서 이번 일에 대해 상세하게 조사를 해 보았습니다만."

신자가 고개를 숙이며 말했다.
"의도적으로 마르틴스 라네가 끼어든 게 아닌 듯합니다. 듣자 하니 퍼스트 오더 둘이 계획하던 일이 크게 틀어졌고, 그사이에 마르틴스 라네가 상황을 정리하려다 그런 상황이 된 듯합니다."
"크게 틀어졌다?"
"백호를 길들이는 과정에서 참사가 일어난 듯합니다. 그랜드혼에서 백호에게 당한 이의 시체를 찾아냈습니다."
사도가 굳은 표정으로 신자를 보았다.
"그럼 마르틴스 라네는 뭐지?"
새벽회에서는 이번 일을 눈치채고 바꾸려던 게 마르틴스라고 의심하고 있었다.
"그게…… 저희 쪽 신자입니다."
"뭐라?"
사도의 표정이 분노로 바뀌었다.
"현재 아카데미에 파견해 둔 저희 쪽 신자는 전부 다 점조직으로 운영되고 있어 자세한 신상 파악이 불가한 상태입니다. 덕분에 완벽하게 그 정체가 숨겨져 있어 아카데미 내부에서의 일들이 의심을 받지 않고 수월하게 진행됐습니다만."
마르틴스 라네도 본래는 철저하게 그 정체가 숨겨진 자였다.

하지만 이 마르틴스 라네는 새벽회에 자신을 어필하기 위해 그 익명성을 버리고 자신의 정체를 조금씩 드러냈었다.

그게 새벽회의 정보망에 포착이 되었다.

"그럼 이 멍청한 신자가 조금이라도 더 회의 눈에 띄기 위해 움직이다 상황이 이렇게 됐다는 건가?"

"예, 마르틴스는 세컨드 오더라 이번 일에 대한 모든 계획을 몰랐을 겁니다."

"이런 멍청한 놈을 뽑은 게 누구냐."

"당장 처리하겠습니다."

12사도가 이마를 짚었다.

"제대로 된 자를 하나 더 넣도록. 뢴트겐 후작을 죽이지 못한 건 아쉽게 됐으나, 배신자 놈을 처단하고 목표로 했던 아카데미 흔들기를 했으니 그걸로 되었다."

사도가 손을 저으며 말했다.

"지금처럼 진행하도록."

"예! 사도님!"

* * *

황금 늑대의 영역.

에단은 산왕 백호와 함께 그들의 영역을 침범했다.

침범하기가 무섭게 수많은 늑대들이 나타났고, 에단과 백호는 순식간에 황금빛 갈기의 늑대들에게 포위되었다.

아오오오-.

늑대들이 울음소리를 내며 빙글빙글 돌았다. 얼마 지나지 않아 그 사이에서 누군가 앞으로 나왔다.

터벅-. 터벅-.

걸을 때마다 대지가 울리는 듯한 느낌이었다.

앞으로 나온 건 거대한 늑대였다. 황금빛의 풍성한 갈기와 황금색 눈동자. 덩치는 백호보다 조금 더 작은 늑대였다.

"이게 무슨 짓이지, 백호?"

늑대가 근엄한 목소리로 말했다.

그리고 그 대답은 백호가 아닌 에단이 했다.

"좋은 제안을 하러 왔다."

* * *

그랜드혼은 선조들이 살던 곳이었다.

아버지, 아버지의 아버지, 그리고 그 아버지의 아버지도 이 땅에 살았다.

이 땅은 굉장히 풍요로운 곳이었다.

수많은 몬스터들과의 싸움이 있었지만 날카로운 발톱과 뭐든지 찢어발길 수 있는 이빨이 있었기에 매일 같이 승리할 수 있었다.

이들은 이 땅이 영원히 풍요로울 거라고 생각했다.

하지만 시간이 지날수록 땅은 메말라 가기 시작했다.
먹을 양식이 사라지고 토지가 힘을 잃어 가며 그들이 유지하고 있던 힘이 떨어지기 시작했다.
그들의 황금빛 힘은 이 그랜드혼의 땅에서 나왔다.
땅이 약해지면 힘이 약해질 수밖에 없었다.
힘이 약해지면 동족을 지킬 수 있는 힘도 없어질뿐더러 이끌 수도 없다.
그랬기에 해결책이 필요했다. 어려워 보였지만 답을 내는 건 쉬웠다.
양분하고 있는 다른 땅.
산왕 백호가 점령하고 있는 그 땅.
그 땅을 얻으면 됐다.
언젠가 다녀왔던 그 땅은 지금도 풍요롭고 아름다웠다. 무엇보다 여신의 축복을 받고 있어서 영원히 그 풍요로움을 유지할 수 있다고 들었다.
그랬기에 황금 늑대들은 그 땅을 빼앗기로 했다.
아주 사소한 이유를 들었다. 이 땅 전체가 본래 늑대의 영역이라는 이유로 산왕 백호를 공격하기 시작했다.
한때는 이웃이었던 늑대들이 공격을 시작하자 백호는 당황하면서도 단호하게 대처했다.
그들의 사정을 알고 있었지만 이 땅은 여신의 땅.
여신을 믿지 않는 자들은 절대로 들어올 수 없는 땅이었다.

그렇게 시간이 흘렀다.

세대가 바뀐 늑대들은 백호의 땅이 본래 자신들이 가지고 있던 땅이라고 믿게 되었다.

물론 우두머리들은 진실을 알았지만 진실은 별로 중요치 않았다.

땅은 죽어 가고 있었고, 백호의 땅이 반드시 필요했으니까.

"좋은 제안이라고? 결국 그 땅을 내주기로 한 건가! 그런 게 아니라면 좋은 제안이라고 볼 수 없겠는데."

황금빛 늑대가 이죽거리며 이를 드러냈다. 그가 이를 드러내자 다른 늑대들이 언제라도 달려들 수 있도록 준비를 했다.

백호가 먼저 침범한 건 처음이었다.

항상 백호의 땅에서 싸워 왔기에, 오히려 자신들의 땅에서 싸우면 승기가 있을 거라는 생각도 들었다.

그러나 백호 쪽에선 싸울 의지가 전혀 느껴지지 않았다.

"맞다."

그런 황금 늑대의 말에 에단이 고개를 끄덕였다.

"⋯⋯맞다고?"

그러자 오히려 당황한 건 황금 늑대 쪽이었다.

"나는 에단 휘커스라고 한다."

"⋯⋯고르덴이다."

황금 늑대의 우두머리 고르덴이 에단이 아니라 산왕을

보았다. 그 눈빛에는 이게 무슨 소리인지 해명하라는 물음이 섞여 있었다.
 그러나 백호는 그 눈빛을 무시했다.
 "이해가 되질 않는군. 왜 산왕이 이야기하지 않고 네가 이야기하는 거지? 인간, 네게 무슨 권한이라도 있나? 네가 산왕을 조종하고 있기라도 하나?"
 고르덴은 으르렁거리며 에단에게 물었다.
 백호 입장에선 상당히 자존심이 상할 만한 말이었지만 어째선지 백호는 계속해서 침묵을 고수했다.
 하지만 다른 황금 늑대들은 백호의 움직임을 주시하고 있었다.
 싸워 봐서 아주 잘 알고 있었다. 백호가 얼마나 강한 힘을 가졌는지.
 "알고 있는지 모르겠지만, 그 땅은 본래 우리의 땅이다. 지금은 저 산왕이 빼앗아 점거하고 있지만 말이다. 만약 넘겨준다면 산왕이 넘겨줘야겠지. 같잖은 장난질을 하러 온 거라면 물어뜯어 죽여 주마."
 고르덴이 그렇게 말하자 늑대들이 호응하듯 아- 오- 오- 오, 하고 울부짖었다.
 에단은 살짝 발을 굴렀다.
 쿵-!
 "고르덴."
 에단이 고르덴을 응시했다.

"너희가 지금 있는 이 땅은 죽어 가고 있지 않나?"
"……."
고르덴이 움찔했지만 티를 내진 않았다.
"아마도 그 이유겠지? 죽어 가는 땅에서 계속 살아갈 수 없으니까, 그래서 이쪽 땅을 노리는 것 아닌가?"
"헛소리. 우리는 우리의 것을 되찾으려는 것뿐이다!"
"그럼 이야기할 필요도 없겠군. 방금 했던 이야기는 잊도록. 다 잊고 계속해서 백호의 땅을 침범하고 침략하면서 매번 패배만 하면 된다."
그 말에 고르덴이 크게 으르렁거렸다.
"너희는 이미 우리 땅을 침범한 상태다! 그냥 돌려보내 줄 것 같나!"
에단은 포효하듯 소리치는 고르덴을 보았다.

[LV 75]

굉장히 높은 레벨이었지만 기묘하게도 푸른 늑대들보다 약점이 훨씬 더 잘 보였다.
'다른 늑대들도 마찬가지야.'
분명 푸른 늑대들보다 더 레벨이 높고 강대한 몬스터인데도 불구하고 몬스터들의 재앙을 사용해서 본 약점들이 선명하고 컸다.
'힘이 약해지고 있다는 소리지.'

그리고 그 힘은 이 땅으로부터 오는 게 분명했다. 호루스의 눈으로 확인해 본 결과, 이 땅의 힘 자체가 사라지고 있었으니까.

'서로 연결되어 있다.'

그러니 백호의 땅을 노리는 것이다.

에단은 고르덴이 으르렁거리면서도 제대로 달려들지 못하는 것에 주목했다. 본래라면 달려들고도 남았을 것이다.

'하지만 내가 했던 말이 신경 쓰이는 거지.'

땅을 넘겨주러 왔냐고 물었을 때 그렇다고 말한 에단의 저의가 상당히 궁금했으리라.

"고르덴, 이 황금 늑대들이 약해져 가고 있다는 건 네가 가장 잘 알겠지? 여기서 제일 강한 네가 제일 빨리 약해지고 있을 테니까 말이야."

에단의 말에 고르덴은 다시 움찔거렸다. 하지만 이번에도 침묵했다. 이건 알려지면 안 되는 것이다.

에단이 고르덴에게 다가갔다. 그러자 다른 황금 늑대들이 달려들었다.

"괜찮다!"

그때 고르덴이 으르렁거리며 소리쳤다. 달려들던 황금 늑대들이 그 자리에서 멈추었다.

"다른 늑대들이 알면 안 되는 게 있군. 이야기를 좀 해 보자고, 고르덴."

"……무슨 이야기를 말이냐?"

"방금 땅을 내주겠다고 한건 진실이다."

"……어째서지? 지금까지 백호는 그 땅을 지켜 오느라 많은 희생을 치렀을 텐데?"

"내가 그 땅의 주인이신 분의 후예니까."

"다, 달의 여신의 후예라고?"

고르덴이 당황한 듯한 표정으로 에단을 보았다.

에단은 한껏 근엄한 표정으로 고르덴과 황금 늑대들을 보았다.

"여신께서 너희를 기다리고 계신다."

"그게 무슨……."

고르덴이 에단의 뒤에 있던 산왕을 보았다.

산왕은 강렬한 눈빛으로 고개를 끄덕였다.

"여신님을 믿는다면 땅을 내주겠다. 너희들이 원하던 그 비옥한 토양과 호수를."

* * *

정말 오랜만이었다.

"꽤 수련을 많이 한 것 같더구나."

아버지의 눈빛이 달라져 있었다. 자신이 거대한 벽에 막혀 멈춰 선 이후로는 한 번도 보내지 않았던 눈빛이었다.

기대감.

"기대하마."

 메이슨은 어제 있었던 참관 수업 이후 아버지인 옐로우드 공작과 짤막한 대화를 나누었다.

 옐로우드 공작은 참관 수업의 내용이 상당히 마음에 든 듯한 얼굴이었다.

 두 형의 표정도 아주 보기 좋았다. 얼마나 그 수업이 충격적이었는지, 메이슨과 눈조차 마주치지 않으려 들었다.

 메이슨은 그게 굉장히 마음에 들었다.

 다 끝난 줄 알았던 후계자 싸움에 다시 발을 들이게 된 것이다.

 거기다 가장 중요한 게 있었다.

 에단의 도발 이후로, 메이슨은 에단에게 칭찬을 받겠노라고 다짐했었다.

"성공했어."

 지금까지 아카데미에서 실패만 해 왔다.

"이게 첫 성공이야."

 그것도 아주 유의미한 성공이었다.

"이젠 믿을 수밖에 없겠어."

 에단의 그 말을.

* * *

 산왕 백호의 영역.

늑대들은 굉장히 긴장한 상태였다. 이렇게 이 땅의 깊숙한 곳까지 와 본 적이 없었다.

거기다 싸우지 않고 여기에 들어오다니.

혹시 이게 산왕 백호가 짜 놓은 거대한 함정은 아닐까 하는 생각까지 들었다.

"고르덴 님."

"믿으시는 겁니까?"

"이 모든 게 함정일 수도 있습니다. 갑작스레 저렇게 태도가 바뀔 리가 없습니다."

우두머리인 고르덴에게 황금 늑대들이 조언했다. 고르덴 또한 이게 함정이 아닐까 의심하고 있었다.

아무리 생각해도 이렇게 태도가 바뀌는 건 말이 안 됐다.

그러나 고르덴이 무언가 선택도 하기 전에 목적지에 도착하고 말았다.

그들이 항상 노리던 그곳이었다.

아름다운 초록빛. 이 땅의 중심이라고 볼 수 있는 거대한 호수였다. 이 호수를 중심으로 수많은 생명체들이 살고 있었다.

황금 늑대들이 원하던 비옥한 호수였다.

늑대들은 그 호수를 멍하니 보았다.

"굳이 싸울 필요조차 없다. 너희들이 원하는 건 이 땅이겠지?"

에단이 말했다.
"여길 주마. 그 대신."
그때 산왕이 크게 포효했다.
얼마나 큰 포효였는지, 수많은 산새들이 소리에 놀라 동시에 도망가며 푸드덕거리는 소리를 낼 정도였다.
"문포스 님을 믿으면 된다."
"문포스? 달의 여신을 믿으라는 건가, 백호?"
"그래, 그분의 신자가 되겠다고 맹세한다면 이 땅에 나와 함께 살아갈 수 있게 해 주마. 더 이상의 싸움은 없다."
그 말에 고르덴은 더 이상 망설이지 않았다.
"신자가 되려면 어떻게 해야 하나?"
"그저 지금부터 마음가짐을 달리하면 돼."
그 말엔 에단이 대답했다.
"처음부터 믿으라곤 하지 않겠어. 그저 여기에 살면서 조금씩 달의 여신을 믿으면 된다."
당장 신을 믿으라고 한들 신에 대한 신앙심을 가질 자가 몇이나 될까.
에단은 일단 신을 믿기로 마음먹는 게 가장 중요하다고 말했다.
"마음을 먹는 게 가장 중요하다. 믿는다고 계속 믿으면 믿게 되거든."
"······."

고르덴은 에단을 보았다.

"믿…… 겠습니다."

고르덴이 울부짖으며 말하자 다른 늑대들도 울부짖었다. 그러자 늑대들의 황금빛 털에 순간 파란빛이 감돌았다.

-황금 늑대들이 여신을 믿는 새로운 신자가 되었습니다!

-당신은 늑대들의 전향에 큰 영향을 끼쳤습니다!

-달의 여신 문포스가 당신을 칭찬합니다!

-새 신도를 받은 옛 신전에 문포스가 이름을 내렸습니다.

-문포스의 신전 [그랜드혼]이 개방됩니다.

샤아아아악-.

주변이 새파란 빛으로 물들기 시작했다. 그러더니 쿠구구궁, 하는 소리와 함께 호수에서 뭔가가 솟아나기 시작했다.

"신전?"

호수에서 신전이 솟아나고 있었다.

"절벽에 있었던 신전이……."

그대로 이 호수로 옮겨 왔다. 거기에 이어 신전으로 향하는 길도 만들어졌다.

그 아름다운 광경에 늑대들은 넋을 빼앗겼다.

"그랜드혼 신전."

에단이 백호와 늑대들에게 말했다.

"여신께서 내려 주신 신전이다."

늑대들이 그 자리에서 몸을 엎드렸다. 백호 또한 에단의 아래로 몸을 숙였다.

"후예시여."

"후예시여!"

'사이비 교주가 되면 이런 기분인가?'

물론 문포스는 진짜 신이니 사이비라는 말은 조금 어폐가 있긴 하지만.

"여신께서 너희들을 축복할 것이다."

에단은 확실하게 마무리를 했다.

-새로운 신자를 만들어 낸 당신에게 여신이 보상을 내립니다.

-그랜드혼 신전으로 들어가 보상을 받으십시오.

(신들의 구독자 5권에서 계속)

환상이 숨쉬는 공간 파피루스 blog.naver.com/gnpdl7

천재 작가 겸 배우, 이곳에 강림!

사고로 인해 배우의 꿈을 접어야 했던
대한민국 유일 흥행 보증수표 작가, 백강림

어느 날 붉은 별똥별에 소원을 빌고
배우 지망생, 유현림의 몸에 빙의하게 되는데

'못다 이룬 네 꿈, 내가 이뤄 주마!'
'그게 너와 나의 약속이다.'

**다시금 꽃피기 시작한 청춘의 꿈
천금과도 같은 대본과 압도적인 연기로
국보급 스타로 거듭날 유현림의 2막을 주목하라!**

글소리 현대판타지 장편소설

환상이 숨쉬는 공간 파피루스 blog.naver.com/gnpdl7

『전직 사기꾼의 신앙생활』 『남작가의 정령 천재』
사는게죄 작가의 판타지 신작

『무적 쓰고 레벨업』

게임이 현실이 된 세계
고인물 게이머 황태선은…… 무적이다!

[무적(SSS)을 발동합니다.]
[지속 시간 : 1초]

어떤 물리 공격도, 갖가지 마법도
그의 앞에서는 무용지물

신조차도 감당하지 못하는
무적의 강자, 황태선의 일대기가 시작된다!

사는게죄 판타지 장편소설

무적쓰고 레벨업